LICIA TROISI

A GAROTA DRAGÃO

— A ÁRVORE DE IDHUNN

Tradu
Aline

ROCCO
JOVENS LEITORES

Título original
LA RAGAZZA DRAGO
II – L'ALBERO DI IDHUNN

Copyright © 2009 Arnoldo Mondadori Editore S.p.A., Milão

Direitos para a língua portuguesa reservados
com exclusividade para o Brasil à
EDITORA ROCCO LTDA.
Av. Presidente Wilson, 231 – 8º andar
20030-021 – Rio de Janeiro, RJ
Tel.: (21) 3525-2000 – Fax: (21) 3525-2001
rocco@rocco.com.br | www.rocco.com.br

Printed in Brazil/Impresso no Brasil

preparação de originais
MILENA VARGAS

CIP-Brasil. Catalogação na fonte.
Sindicato Nacional dos Editores de Livros, RJ.

T764a   Troisi, Licia, 1980-
         A árvore de Idhunn/Licia Troisi; tradução de Aline Leal.
         – Primeira edição. – Rio de Janeiro: Rocco Jovens Leitores,
         2013.

         Tradução de: L'Albero di Idhunn
         ISBN 978-85-7980-176-1

         1. Literatura infantojuvenil italiana. I. Título.

13-03165   CDD – 028.5
                                            CDU – 087.5

O texto deste livro obedece às normas do
Novo Acordo Ortográfico da Língua Portuguesa.

Para minha tia Adele,
que deu seiva e consistência às minhas fantasias.

Sumário

	Prólogo	9
1	Vida de palhaço	13
2	Como Sofia foi parar no circo	18
3	Pesadelos e encontros	28
4	Um rapaz misterioso	45
5	O inimigo se move	59
6	A nogueira	68
7	O êxito da busca	78
8	A primeira batalha	87
9	Fabio	98
10	Meias verdades	108
11	O terceiro Draconiano	119
12	Buscas	134
13	No teatro	153
14	Um salto no escuro	163
15	O retorno da nogueira	171
16	Diante um do outro	181
17	Perdidas no bosque	186
18	A história da velha	198
19	A escolha de Eltanin	204
20	A escolha de Fabio	214
21	Um poder que salva	229
	Epílogo	236

Prólogo

A Árvore do Mundo gemia. Eltanin ouvia seu lamento pungente. Sentia-o na carne, antes ainda de ouvi-lo, e isso o dilacerava. Porque ele ainda era uma criatura de Dracônia e um dos Guardiões da Árvore do Mundo, e nada poderia fazê-lo esquecer suas origens. Nem mesmo a traição que havia cometido. Nem mesmo a longa noite passada, durante a qual lutara contra seus semelhantes, os dragões, e ao lado das serpes.

Combateram a noite toda e o dia seguinte. Enfrentaram-se em todas as esquinas, os incêndios devoraram casas e cadáveres, e ele não se poupou. Afundou as garras na carne dos irmãos, impediu-se de ter piedade e guiou seus aliados contra os velhos amigos. Mas, por mais que lutassem com coragem, por mais que se obstinassem sobre o inimigo, despreocupadas com as feridas, as serpes não conseguiram prevalecer. No pôr do sol era evidente que a investida não dera certo. Perdas terríveis haviam sido infligidas ao inimigo, mas a cidade ainda era maciçamente *controlada pelos dragões. Foi então que Eltanin explicou a Nidhoggr como desferir o último e decisivo ataque.*

— A Árvore do Mundo está no centro de uma área descoberta, uma espécie de templo — disse ao seu novo senhor.

— Além dos Guardiões, que estarão empenhados em combater, há uma barreira que a protege. É possível ultrapassá-la com seiva espalhada no corpo, mas queimará.

A seiva da Árvore do Mundo... Entregou-a para Nidhoggr.

O senhor das serpes riu com crueldade.

— É uma dor que suportarei com prazer...

E assim o fez. Nidhoggr foi até a Árvore do Mundo e agora a estava destruindo.

Eltanin virou-se e correu até o campo, obedecendo a um instinto primordial; afinal, fora um Guardião durante muitos anos. Nidhoggr estava lá, suas escamas ardentes por causa do contato com a seiva. As presas cavavam a terra e tiravam dela as raízes da Árvore do Mundo, cortando-as, devorando-as. A seiva se espalhava na terra como sangue, brilhante e preciosa, enquanto a Árvore se sacudia com horríveis soluços, os últimos espasmos de um ser agonizante.

Eltanin percebeu o horror do que estava acontecendo, sentiu o coração tremer e as patas implorarem para que acudisse e salvasse o que restava da Árvore. As folhas no alto da copa já começavam a murchar, desbotando em um amarelo doente e caindo no solo. Mas se controlou.

"É o que você quis, o que escolheu. Sabia que aconteceria. Optou pelas serpes porque acredita nas razões delas

Prólogo

e porque elas acreditam em você. Agora olhe, olhe e exulte. Tudo é parte do plano."

Os Dragões da Guarda acudiram. Alguns feridos, as armaduras sujas do sangue negro das serpes – ou de sangue vermelho, deles próprios. Thuban, Rastaban, o horror nos olhos.

Nidhoggr ria, as presas pingando a seiva vital da Árvore do Mundo. Rugiu para o céu, um rugido de triunfo.

– E agora? O que vocês farão agora que a Árvore está morta? É apenas questão de tempo para as serpes voltarem a dominar a Terra. A época dos dragões acabou!

Abriu as asas negras, imensas, e levantou voo com uma única e potente batida.

– Retirada! – berrou, triunfante. – Voltaremos – disse em seguida, olhando para baixo. – Voltaremos e seremos dezenas de milhares. E então Dracônia será apenas uma pálida lembrança.

Voou para longe, seguido por um bando de serpes. Eltanin foi com eles. Ainda estava aturdido, incapaz de acreditar que o impossível acontecera. A Árvore do Mundo estava morta. Lançou um último olhar para o chão, lá onde a Árvore do Mundo esvaía-se em sangue lentamente, as folhas caindo uma a uma, a casca perdendo o viço. Nem conseguia mais ver os frutos. No entanto, ele a viu. Junto aos Guardiões, de joelhos na grama orvalhada de seiva, desesperada.

Ela provavelmente sentiu seu olhar, porque virou a cabeça e o fitou. Eltanin não viu nem ódio nem repreensão *em seus olhos. Em vez disso, havia dor e uma súplica. Em um instante, ele pareceu entender: o abismo para onde havia escorregado, a abominação da qual participara, a loucura que o dominara naqueles meses que havia passado inebriado de sangue e poder. Porém, mais que tudo, aniquilou-o o pensamento que leu naquele olhar: "O que você fez pode ser perdoado, porque você é e sempre será um de nós."*

Eltanin teve que fechar os olhos e sufocar, com força, o desejo ardente de voltar, abandonar tudo e apagar o que aconteceu. Mas fizera uma escolha, uma escolha da qual não havia volta, e a Árvore agonizante, lá na arena, demonstrava isso com clareza excessiva.

Virou-se e seguiu seus novos companheiros. Não, não era possível voltar atrás.

1
Vida de palhaço

A plateia do circo estava apinhada. Dentro da grande lona listrada de azul e amarelo, todas as sequências de fileiras haviam sido ocupadas: famílias, principalmente, e muitas crianças comendo pipoca com manteiga e algodão-doce. O cheiro adocicado enchia o picadeiro. Lá atrás, nas coxias, Sofia espiou o público por uma fina fresta. Sentia o rosto imobilizado pela maquiagem que Martina lhe espalhara sem economias. Quando se olhara no espelho, custara a se reconhecer. Além disso, apesar do largo sorriso desenhado com batom, estava com uma expressão extremamente triste.

Levantou-se, suspendendo a calça com as mãos: era de um azul elétrico, larguíssima, com a cintura rodeada por um grande aro de plástico, e presa por suspensórios vermelhos e brancos. Os sapatos eram ao menos dois números maiores do que os seus e muito compridos. Tropeçava neles a cada passo.

– É mesmo necessário? – perguntou, em um último ímpeto de revolta.

– Sim – foi a impiedosa resposta de Martina.

Sofia sentiu a mão de alguém tocar seu ombro.

– Pronta?

Era Lidja, no esplendor de sua roupa de espetáculo: um collant de veludo roxo e um tutu de impalpável *chiffon*. Tinha acabado de se exibir em seu número de acrobacia com panos e fora perfeita, como de costume. O público esfolara as mãos de tanto aplaudir.

– Não – respondeu Sofia honestamente. – Nem um pouco.

Lidja assumiu uma expressão séria.

– Pare de exagerar... Suba ao picadeiro levando as tortas e vá embora. Fim. Rápido e indolor.

– Nada é indolor quando sou eu que faço.

A amiga deu-lhe uma palmadinha.

– Pare com isso. Faça e acabou. De todo modo, você vai ser ótima.

Uma salva de palmas obrigou Sofia a olhar para fora novamente. Mínimo, o arauto anão, entrara no picadeiro. E isso significava que dali a pouco chegaria a vez dela.

"Mas por que tive que vir?", perguntou-se, desesperada, e era pelo menos a centésima vez que se fazia essa pergunta desde que colocara os pés no circo.

– E, agora, a dupla CicoByo! – anunciou Mínimo.

Vida de palhaço

Carlo e Martina, cujos nomes artísticos eram Cico e Byo, passaram ao seu lado. Martina deu-lhe uma piscadela.

– Manda ver, está bem? – sussurrou-lhe.

Era o início do número, e Sofia sentiu a cabeça rodar. Olhou os palhaços: Martina exibia-se como malabarista com os pinos, mas, quando os jogava para Carlo, ele não pegava nenhum. Toda vez que um pino acabava em seu peito, ele o olhava cair no chão, perplexo, e as crianças riam feito loucas.

Sofia desviou os olhos. Repassou mentalmente seu papel. Primeiro, tinha que pegar o carrinho com as tortas, depois levá-lo ao centro do picadeiro, empurrando-o até Carlo e Martina. Enfim, ia se virar e ir embora. Cinco passos no total. Não era difícil. "Cinco passos, largue o carrinho e vá. Fim."

Viu Martina e Carlo virados na direção dela, à espera de sua chegada, e o público em silêncio. Engoliu.

"Tudo bem, lá vou eu!"

Avançou pelas coxias. Alguns meninos deram um aplauso tímido, mas a maior parte do público ficou muda, olhando para ela. Ela imaginou como a viam: um palhaço tristíssimo que andava e só, nada de muito engraçado. Deu um passo. Dois passos. Caminhar com aqueles sapatos era muito difícil. Eram compridos como os do Pateta, talvez até mais, e dobravam-se sempre que Sofia erguia o pé do chão. Quando os apoiava novamente, nuvens de serragem se levantavam.

"Você está indo muito bem, Sofia", disse a si mesma. "Daqui a pouco terá acabado."

Três passos.

"Rápido e indolor. Viu só? É fácil."

Quatro pas... E ali aconteceu. No quarto passo, seus pezões se enroscaram entre si, desequilibrando-a e fazendo com que caísse para a frente.

Foi como em um filme de terror. O tempo desacelerou, e Sofia sentiu seu grande traseiro virado para cima, enquanto o rosto afundava nas tortas. Houve um gigantesco SPLAT... E, então, apenas silêncio. Um instante que durou uma eternidade. Em seguida, alguém do público começou a rir e a risada contagiou os outros, como uma centelha se transforma em um incêndio num bosque, e Sofia estava quase se sufocando em uma torta de creme tão grande quanto ela.

Finalmente, sentiu que alguém a agarrava pelas calças e a puxava com força. No meio do creme e pedaços de pão de ló que colavam em seus olhos, conseguiu distinguir a carinha malandra de Martina. Tentou dizer algo, mas engasgou com um pedaço de torta e começou a tossir. O público achou que era um esquete novo e se escangalhou de rir.

Sofia fugiu tossindo, com toda a velocidade que os sapatos lhe permitiam, seguida por aplausos e risadas cada vez mais fortes. Atravessou as coxias

Vida de palhaço

de cabeça baixa, esquivando-se dos rostos dos colegas do circo que a olhavam sorrindo. Captou uns dois comentários:

– Nossa, você tem mesmo jeito pra coisa!
– Foi o maior sucesso!

Enfiou-se no camarim, bateu a porta e encolheu-se diante do espelho. Acabara. Se Deus quisesse, acabara.

Entreviu o reflexo do próprio rosto e se achou mais triste e ridícula do que nunca. Estava com uma vontade enorme de chorar, mas se conteve. Porque alguns meses antes havia jurado para si mesma que deixaria de ser fraca, de ser maltratada por todos. Foi quando a raiva a dominou: de Lidja, de Alma, a dona do circo, e de todas as pessoas que trabalhavam ali. Mas, principalmente, do professor, que um belo dia fora embora de mala e cuia, largando-a lá, no meio de desconhecidos. E ela não tinha nenhuma intenção de perdoá-lo.

2
Como Sofia foi parar no circo

No início, Sofia pensou que se tratava de uma punição pela sua incapacidade. Afinal de contas, desde aquele primeiro embate com Nidhoggr, nove meses antes, não conseguira fazer nada de bom. Claro, haviam encontrado o primeiro fruto – um dos cinco objetos mágicos que poderiam devolver a vida à Árvore do Mundo – mas se tratava, justamente, apenas do primeiro. Ainda restavam quatro a ser encontrados, e não havia pista do segundo.

Era esse o dever de Lidja e Sofia, que eram Draconianas e hospedavam, cada uma, o espírito de um dos Dragões da Guarda, que, no passado, tiveram a incumbência de proteger a Árvore. Por mais que tivessem se esforçado, porém, até aquele momento não houvera nada a se fazer. A localização do segundo fruto permanecia um mistério.

O professor Schlafen, de resto, não escondera nada. Com os pequenos óculos redondos sobre o nariz fino, o rosto sério emoldurado pela curta barba cândida e aquele ar irresistível de cavalheiro do século XIX, sentenciara:

– Vencemos uma batalha, mas infelizmente a guerra continua. Há duas coisas a fazer imediatamente: encontrar outro Adormecido e procurar um novo fruto.

Sim, porque ainda havia três Draconianos por aí, e cada um deles, no momento, era, com toda a certeza, um Adormecido, uma pessoa qualquer, que não sabia que hospedava no peito o espírito de um dragão. Encontrar os outros três e colocá-los a par da situação era tarefa do professor, mas somente Lidja e Sofia podiam recuperar os frutos da Árvore do Mundo. Apenas elas eram capazes de perceber a presença deles.

E as duas começaram a trabalhar de imediato, embora Sofia só quisesse ponderar com tranquilidade o que tinha acontecido naquelas últimas semanas. Sim, era uma Draconiana – na realidade a chefe dos Draconianos, mas preferia nem pensar nisso – e tinha uma tarefa a desempenhar. Mas também tinha quatorze anos, não podia ter um pouco de paz?

De todo modo, arregaçou as mangas. Horas e mais horas passadas perto da Gema, a relíquia da Árvore do Mundo, para desfrutar de seus poderes o melhor possível; e, depois, treinamentos e estudo nos livros da biblioteca do professor. Tudo inútil.

A situação se encaminhou quando Lidja decidiu fazer uma última viagem com o circo, antes de abandoná-lo definitivamente e ir viver com o professor Schlafen e Sofia. Era um passo inevitável: tinham que se ajudar mutuamente na busca dos frutos, e estarem próximas uma da outra era o melhor jeito de fazer isso. Benevento seria o destino daquela última viagem.

Naqueles meses, o professor havia trabalhado vigorosamente para tentar identificar outro Draconiano, mas a tarefa se mostrara mais complexa do que o previsto.

– Para encontrar você eu levei muitos anos, você sabe – dizia ele a Sofia. – É normal que seja complicado.

– Mas você encontrou Lidja bem facilmente...

– Foi uma questão de sorte.

Sofia invejava o professor. Ao contrário dela, ele parecia animado por uma confiança ilimitada nas próprias capacidades e na própria missão. Confiança, inclusive, bem correspondida, já que, uma noite, apresentou-se para o jantar todo sorridente.

– Acho que estou no caminho certo para a nossa busca do terceiro Draconiano.

Sofia ficou com a colher parada no ar.

– Mas isso é fantástico!

– Está vendo, quando você se empenha, os resultados chegam – replicou Schlafen, satisfeito.

Como Sofia foi parar no circo

Então, sorveu com tranquilidade sua sopa de cogumelos. Thomas e Sofia os haviam colhido à tarde. Sofia não saía muito: afinal, Nidhoggr e seus capangas sempre podiam estar nas redondezas. Às vezes, porém, ia passear no bosque com Thomas, o mordomo do professor que, como seu patrão, parecia ter saído de um quadro do século XIX, com aquela careca enfeitada por fartas e ordenadas costeletas. Todavia, apesar do ar severo e comedido, ele era uma pessoa jovial e sociável, e fizera amizade com Sofia, que gostava de passear pelos bosques em sua companhia.

– E aí? – perguntou a menina ao professor.

– Acho que ele está na Hungria.

Um universo de imagens abriu-se nela. Uma viagem ao exterior! Para Budapeste! As bochechas ficaram vermelhas de excitação.

– E quando partimos?

O professor mostrou-se surpreso.

– Estava pensando em partir segunda-feira que vem. – Diante da empolgação da menina, sentiu-se na obrigação de acrescentar: – Eu. Eu viajarei.

Sofia sentiu os ombros baixarem de repente. Como assim "eu viajarei"?

– Está me dizendo que eu não vou?

– Bem... Não, na verdade, não.

– E por quê?

– Prefiro que você fique com Lidja.

– Mas Lidja também vai viajar!

Nos segundos de silêncio que se seguiram, Sofia teve todo o tempo para compreender a amarga verdade. Ela também partiria, mas com o circo, não para Budapeste e as maravilhas da Europa Oriental.

– Vocês duas têm que permanecer juntas – insistiu o professor. – Primeiro porque, no caso de um ataque inimigo, poderão se defender melhor e, depois, porque vocês têm que cooperar para a busca do fruto. Sofia, é absolutamente indispensável encontrá-lo o quanto antes.

– Mas aqui eu estou em segurança! Quero dizer, há a barreira da Gema que nos protege, melhor do que isso... E também fiquei mais forte e...

O professor interrompeu-a, levantando a mão.

– Cada um tem seu dever. Eu tenho que procurar seus semelhantes, você tem que achar os frutos.

– É uma punição? É porque eu não encontro o segundo fruto?

O professor enterneceu-se.

– Não, de jeito nenhum! Como você pode pensar isso? Já lhe expliquei...

– Então eu não entendo. Professor, aqui é a minha casa, aqui estão a Gema e o fruto de Rastaban, por que tenho que ir com o circo para um lugar que não conheço? Além do mais, daqui a alguns dias é Natal, e eu queria passá-lo aqui, junto com você.

– Lidja e as pessoas do circo estarão com você. Será divertido, você vai ver. Não posso adiar a via-

Como Sofia foi parar no circo

gem, Sofia, é importante que eu parta o mais rápido possível.

– Sim, mas lá eu ficarei sem nenhuma proteção – objetou ela, enfim. Pronto, contra isso não havia desculpa que se sustentasse.

Mas ele sorriu.

– Você se engana. – E não quis acrescentar mais nada.

No dia seguinte, quando Lidja veio visitá-los, o professor foi ao encontro das duas meninas na biblioteca. Colocou dois pingentes sobre a mesa, um verde e um rosa. Pareciam comuns, desses que são vendidos nas feirinhas por poucos euros; estavam presos a dois pequenos cordões de couro apertados por nós simples e pareciam ser feitos com duas pedras simples e irregulares..

– O que são? – perguntou Sofia.

– Dois talismãs. Thomas os fez. Lemos em livros antigos como fabricá-los. Vocês não têm ideia de quantas tentativas deram em nada antes de conseguirmos construir estes aqui. Infundimos uma gota da Gema em cada um, cristalizada através de um longo e complexo processo. Mantenham-nos sempre escondidos sob a roupa. Se um Sujeitado ou um dos lacaios de Nidhoggr os vir, poderá reconhecer vocês. Eles as protegerão fora daqui; são capazes de anular completamente a aura Draconiana de vocês. Quando os usarem, serão meninas comuns.

Sofia contemplou seu pingente por um longo tempo, admirada por não sentir nenhuma magia provir dele; não percebia a sensação de bem-estar e tranquilidade que, geralmente, a Gema lhe transmitia. – Realmente parece uma pedra qualquer.

– Isso, não é fantástico? – O professor estava empolgado como uma criança.

– Também funciona quando usamos nossos poderes? – perguntou Lidja.

– Somente se praticarem magias de baixo grau. Por exemplo, cobre vocês por completo quando se trata de procurar o fruto, que será a única atividade que as manterá ocupadas em Benevento.

Só de ouvir aquele nome, Sofia sentiu arrepios descerem pelas costas. Amanhã. Partiriam no dia seguinte.

Passou a noite quase insone. A mala já estava pronta sobre a cama. Preparara-a junto com Thomas. Desde os tempos do orfanato, seu guarda-roupa enriquecera muito, mas, mesmo assim, pensara em levar apenas macacões, casacos e jeans.

– A senhorita é uma menina tão bonita... Por que não leva um desses vestidos também? – sugeriu Thomas, indicando alguns dos vestidos que Sofia mais amava. Havia também o que o professor lhe dera no seu aniversário, uma semana antes. Que presente maravilhoso seria poder ir à Hungria com ele! Nunca estivera no exterior. Mas, em vez disso, ela era obrigada a ir para... Benevento.

Como Sofia foi parar no circo

Sofia suspirou.

– Acho que não terei nenhuma chance de usá-lo. Vou para um circo, não para uma noite de gala.

Mesmo assim, Thomas tirou o vestido do armário.

– Nunca se sabe. E, em todo caso, se eu fosse a senhorita, não menosprezaria Benevento.

Sofia deu de ombros.

– Nunca ouvi falar de lá. Quero dizer, todos se vangloriam de ter visitado cidades como Florença, Veneza, mas ninguém nunca diz: "Estive em Benevento, é incrível!

– Pelo contrário, é um lugar... mágico. A senhorita sabe que, segundo a lenda, todas as bruxas do mundo se reuniam lá? – replicou Thomas, sorrindo. – E há até mesmo uma igreja dedicada a Santa Sofia.

– Em todo caso, vou com o circo. Acho que não terei tempo de dar uma de turista.

– Tempo para dar uma volta em uma cidade nova se encontra sempre – objetou o mordomo. Então, com gestos seguros, dobrou o vestido com perfeição e o colocou na mala.

Alma veio buscá-la no dia seguinte. Sofia sabia que era ela quem dirigia o circo e que era a única parente viva de Lidja. Era uma tia distante dela ou algo do gênero: nunca entendera claramente o grau de parentesco, mas por certo havia uma relação muito profunda entre elas. Fora ela quem discutira com o professor sobre o futuro de Lidja.

Era uma senhora idosa e ressequida, mas com ar jovial e esperto. Com a pele queimada de sol, tinha longos cabelos brancos entremeados de cinza e enfeitados por trancinhas, moedas e amuletos variados. Vestia um corpete preto de veludo, apertado sobre uma camisa vermelha de mangas largas, e uma saia verde brilhante. Seus dois dentes de ouro eram exibidos continuamente porque sorria com frequência, um sorriso aberto e sincero, e fumava sem parar.

Naquela primeira vez, Sofia ficara impressionada: imaginava que todas as senhoras de certa idade tivessem que permanecer sóbrias e vestir-se de preto, como as velhinhas que iam levar roupas usadas ao orfanato de vez em quando.

– Sabe, ela ainda é muito ligada às nossas origens. Mais do que eu – explicou Lidja.

– Por quê? De onde vocês são?

– Somos rons, ciganos.

Sofia nunca imaginara aquilo, mas era bem óbvio. Porém, as duas não pareciam em nada com os ciganos dos quais tinha ouvido falar. Não achava possível que Lidja ou Alma saíssem por aí roubando ou raptando crianças. Talvez essas histórias não fossem tão verdadeiras assim, afinal.

Sofia segurava a mala com as duas mãos. Sentia-se como na ocasião em que o professor foi pegá-la no orfanato para adotá-la. Só que, naquele dia, ela estava deixando uma vida monótona e mísera para ir a um lugar fabuloso, onde finalmente encontraria

Como Sofia foi parar no circo

uma família. Agora, ao contrário, deixava um lugar fantástico, onde estava a pessoa que ela mais amava no mundo, para ir a um lugar estranho do qual sabia muito pouco.

Despediu-se do professor, beijando-o nas bochechas. Ele abraçou-a com força.

– Você vai gostar. E vou trazer algo de Budapeste para você – sussurrou no ouvido dela.

Então, Sofia encaminhou-se em direção a Alma, que a esperava com o costumeiro cigarro na boca e ao lado de Lidja.

– Bem-vinda– cumprimentou-a, mostrando os dentes de ouro.

Ela suspirou, mas não disse nada.

Sua viagem com o circo começara ali e terminaria um mês depois, com a cara enfiada em uma torta gigante.

3
Pesadelos e encontros

Devia ser o pôr do sol. Ao redor dela, tudo estava de um roxo soturno. O céu também tinha a mesma tonalidade, como se alguém houvesse passado uma camada de tinta em toda parte, uniformizando as cores.

Porém, embora não estivesse escuro, Sofia não conseguia distinguir nenhum detalhe daquela paisagem. Sim, sentia que havia prédios e de algum modo os via, mas não os identificava bem. Aos seus olhos, eram paralelepípedos anônimos, alinhados um ao lado do outro, como peças de um dominó gigantesco.

Seus passos ressoavam no calçamento. Um barulho seco e distinto que se repetia em mil ecos no espaço circunstante.

"Barulho de tamancos", viu-se pensando. Mas ela usava o par de tênis de costume, o azul de que gostava tanto.

Enquanto avançava, tentava captar alguns detalhes daquela paisagem surreal, mas não conseguia.

Então, sentiu algo sob os pés. Uma vibração surda que subiu por suas costas até os ouvidos, onde se traduziu em uma espécie de resmungo obscuro.

Reconheceu-o, mas não soube defini-lo. Sabia apenas ter medo, um medo louco.

"Está chegando!", pensou com angústia.

A rua pareceu se mexer. Sentiu sob o tênis, antes de conseguir distinguir o movimento sinuoso do pavimento, o contorcer-se lento de algo embaixo dela.

A rua elevou-se, como se sacudida por ondas. Primeiro lentamente, depois de um jeito cada vez mais convulso.

Sofia caiu no chão, mas, quando suas mãos encontraram o solo, não sentiu sob as palmas a consistência áspera do asfalto. Em vez disso, tocou em escamas frias e pegajosas.

Olhou ao redor com horror: a rua simplesmente não existia mais. Em seu lugar, havia o imenso corpo de uma espécie de cobra que se contorcia, furiosa. Teve que se agarrar com desespero nas escamas para não cair. Gritou, mas sua boca não tinha voz.

Dois cortes vermelhos abriram-se nas ancas da enorme cobra e, aos poucos, deles emergiram gigantescas asas membranosas. Garras compridas e afiadas agarraram-se nos prédios anônimos, produzindo um estrondo insuportável.

Então, o monstro se virou e, antes ainda de vê-lo, Sofia soube quem era. Soubera desde o primeiro momento em que se vira naquele lugar absurdo, desde a primeira vibração sob seus pés. Ele. O eterno inimigo, o traidor, o mal: Nidhoggr.

Sua cabeça era imensa, imponente; seus olhos vermelhos acesos por uma crueldade sem igual, que a fez sentir-se aniquilada. Sentiu grandes lágrimas de terror descerem pelas bochechas e pensou que a única salvação era a fuga. Mas para onde ir? Para onde fugir? Não havia nada além dele, por toda a parte.

— E sempre foi assim — disse uma voz terrível, retumbante. — Se você for realmente tão louco em acreditar que conseguiu escapar de mim apenas porque venceu uma mísera batalha, está redondamente enganado. Eu e você estamos ligados por toda a eternidade, e você sabe disso. É o nosso destino, e logo nos encontraremos novamente.

Sua boca abriu-se, sua goela era vermelha de sangue, e o calor de sua respiração era insuportável.

Sofia tentou gritar de novo, inutilmente, porque aquela boca gigantesca fechou-se sobre ela, enquanto presas afiadas como facas estalavam sobre seus ossos. Somente então, um berro, inumano e terrível, irrompeu da garganta dela.

Sofia levantou-se de um pulo e recuperou todos os sentidos. De súbito sentiu frio, notou o pijama colado no corpo. Em volta dela, uma penumbra difusa. Manhã. Viu as cobertas, a lâmpada fluorescente no teto, as cortinas puxadas perto da janela, o ambiente reconfortante do trailer onde vivia havia quase um mês. E Lidja.

— Tudo bem? — A amiga parecia preocupada.

Sofia pensou um pouco antes de responder.

Pesadelos e encontros

– Sim, acho que sim. Foi só um pesadelo.
– Eu ouvi você gritar, então...
Uma barreira de embaraço desceu.
Sofia ainda estava com raiva. Tentava obstinadamente não se lembrar do papelão da noite anterior e o que se seguira àquilo.

Não conseguia acreditar: Lidja tinha entrado toda sorridente no camarim e lhe dera até os parabéns. Mas pelo quê? Pela elegância do mergulho na torta?

Ah, mas Sofia lhe dissera poucas e boas. E como! Talvez tivesse até exagerado.

De todo modo, agora não estava com vontade de fazer as pazes, e Lidja parecia ainda mais irritada do que ela.

– Mexa-se, tia Alma preparou o *halva*.

Sofia lavou-se em um piscar de olhos. Todos tomavam café da manhã juntos no picadeiro do circo, em torno de uma mesa que montavam de manhã, no almoço e no jantar. A coisa em si não lhe desagradava: durante as refeições, sempre tinham sossego e, além do mais, aquelas pessoas eram realmente simpáticas. Havia Marcus, o domador, um homenzarrão grande e gordo que parecia ter saído de um daqueles cartazes históricos do circo. Seria perfeito como arauto. Em vez disso, dedicava-se a Orsola, a elefanta, com a qual Sofia protagonizara outro papelão histórico no dia em que conhecera Lidja. O professor insistira para que fizesse uma foto com a elefanta, e Sofia, como de costume, encontrara um jeito de fazer papel ridículo, acabando de pernas para o ar enquanto tentava subir na garupa do bicho. Marcus e Orsola eram um pouco como pai e filha. Ele e a elefanta entendiam-se maravilhosamente bem: Sofia podia jurar que trocavam melancólicos olhares de amor.

– Marcus ama mais Orsola do que qualquer ser humano – dizia Lidja.

E ele rebatia:

– Os animais não traem, são ingênuos como crianças e nunca fazem o mal pelo simples prazer de fazê-lo: por que não deveria preferi-los aos seres humanos?

E, depois, havia Ettore e Mario, gêmeos, acrobatas e malabaristas. Sempre que faziam o número com os malabares em fogo Sofia sentia-se mal. Porque as chamas lambiam seus corpos, passavam tão perto que bastaria o menor erro para pegarem fogo. Mas a confiança deles na própria capacidade era ilimitada, e, de resto, nunca erravam.

Também havia Mínimo – cujo verdadeiro nome ninguém sabia –, o anão que trabalhava como arauto; e Becca, a acrobata equestre, inseparável de Dana, sua potranca; e ainda Carlo e Martina, e Sara que, dependendo da noite, exibia-se como mulher-canhão ou mulher barbada. Um universo à parte, estranho, cheio de alegria. Mas não naquela manhã.

Pesadelos e encontros

Naquela manhã, Sofia sabia, todos viriam com tudo para cima dela, lembrando-lhe da noite anterior. E lembrar era exatamente o que ela queria evitar.

– E então, opiniões sobre ontem à noite? – começou Martina.

Sofia deu de ombros e tentou afundar o rosto na xícara de leite, enquanto o sabor doce do *halva* enchia sua boca.

– Vai, foi fantástico, não? Nunca tinha ouvido as pessoas rirem tanto – observou Carlo. Todas as cabeças concordaram, convictas.

– Deixem Sofia para lá – interveio Lidja, seca. – É tão boba que nem se deu conta de ter feito um grande número.

– Se você acha que fazer um papel ridículo na frente de todo mundo é um grande número... – rebateu Sofia, apertando os dedos na xícara.

– É o que Martina e Carlo fazem todas as noites.

Em volta delas o silêncio ficou gelado.

Sofia ficou desnorteada.

– Não era o que eu pretendia dizer – replicou, lançando um olhar desesperado para Martina.

– Mas foi exatamente o que você disse. Admita que é da nossa vida que você não gosta – agrediu-a Lidja.

– Meninas, vamos lá, acho que não é por aí – tentou intervir Mínimo.

– Você está levando a conversa para o seu lado – insistiu Sofia.

– O que você acha de treinar? – propôs Carlo, sorridente. Martina pareceu contrariada.

– Não! – exclamou Sofia, levantando-se em um pulo. – Não quero treinar! Não tem nada a ver comigo, eu não gosto, mas por que vocês não entendem isso? Já sou desengonçada por minha conta e com aquela fantasia fico mais ainda. Não sou engraçada como vocês, sou só patética!

Foi embora e correu até o trailer. Ficou só o tempo necessário para pegar o sobretudo e, então, encaminhou-se para fora do campo. Precisava refletir e ficar sozinha.

Dirigiu-se para o centro a pé. O caminho era longo, mas o frio e o cansaço ajudavam a clarear as ideias. Enquanto caminhava, a raiva se atenuava aos poucos.

Deixou-se levar pela cidade. Ela gostava daqueles prédios porque escondiam surpresas. Quando menos se esperava, entre um tijolo e outro, bem no meio de uma colada de cimento, despontava um capitel romano, um pedaço de tumba, um baixo-relevo. Isso a impressionara desde o começo. A ideia de que os restos de um passado antigo, talvez preciosos, fossem usados como material de olaria quase a escandalizara. Depois dissera a si mesma que era simplesmente a vida que se impunha sobre a morte; o que era ruína, pedra morta, subitamente servia para novos fins. Era algo tranquilizante, pensando bem. Mesmo quando se é inaproveitável para a própria função, ainda se pode ser útil de tantos outros jeitos.

Mas o lugar de que ela mais gostava em Benevento era escondido, secreto. E era justamente por isso que gostava dele: era um lugar difícil de ser alcançado e pouco frequentado.

Atravessou a avenida Garibaldi até a ruela que conhecia bem. Bastava embocar nela que o barulho do trânsito se atenuava. Acabava-se em outra dimensão, solitária e pacífica.

Duas curvas e encontrou-se diante de um muro vermelho. O portão estava apenas encostado, como sempre. Sofia diminuiu o passo e entrou devagar, como se estivesse penetrando em um território sagrado. E, de certo modo, estava: aquele era seu lugar secreto, onde finalmente podia desfrutar de um pouco de tranquilidade e de solidão.

Era um jardim, chamava-se Hortus Conclusus, um nome latino que ela não sabia traduzir. Um parque minúsculo, escondido entre os muros dos prédios ao redor, em que cresciam plátanos e castanheiros-da-índia. E até bambus e papiros. Entre árvores e arbustos, havia esculturas. Um cavalo – as patas compridas e finas, o rosto de ouro – no alto de um muro. Um enorme disco de bronze, abandonado no chão como se houvesse caído do espaço, com uma cabeça magra em cima da qual escorria uma água que acabava em uma bacia. Um homem com braços muito compridos. Um chapéu estranho, alongado. Eram figuras sonhadoras, sutis, que pareciam brotar do chão, como visões. E Sofia gostava disso. Era um jardim encantado. Assim que se entrava lá, o barulho da cidade ficava fechado do lado de fora. Havia espaço apenas para o doce burburinho da água que escorria das várias fontes.

Sofia respirou a plenos pulmões. Já se sentia um pouquinho melhor.

Deu uma volta rápida, como sempre. Passo a passo, apropriava-se daquele lugar e se assegurava de que não houvesse ninguém por lá.

Foi para perto do tanque de pedra. Era um chafariz baixo, cheio de ninfeias e plantas aquáticas. Na superfície navegavam as pulgas-d'água. Parou para olhá-las, pequenos e tenazes remadores. No fim das contas, eram equilibristas como Lidja: como conseguiam ficar na superfície sobre tão finas patinhas?

Lidja. Lidja tinha exagerado, é isso, e se daria conta.

Mas... Mas talvez ela também tivesse exagerado. Só um pouco. Tudo bem, bastante. Mas estava exasperada. Sentia falta de casa, sentia falta do professor.

Sob a superfície da água, os peixes vermelhos nadavam, preguiçosos, ziguezagueando por entre as algas. Sofia tomou coragem e puxou o envelope de dentro do sobretudo. Recebera-o dois dias antes. Reconhecera a caligrafia: elegante, ordenada, rebuscada. Seu coração pulara no peito.

Para Sofia...
Só para ela.

Rodou de novo o envelope nas mãos, contemplou seu papel precioso e o carimbo. Vinha de longe, daquele lugar que gostaria tanto de visitar: Budapeste.

Desde que chegara ao circo, era a primeira carta que recebia do professor, e a esperara por um longo tempo. Sentia saudade, sentia uma saudade enorme dele.

Dentro havia um cartão-postal também. Era a esplêndida imagem de uma cidade à noite: na frente, um rio escorria, liso como o óleo; no fundo, uma catedral iluminada por milhares de luzes. Sofia sentiu um aperto no coração.

A carta estava dobrada em quatro, escrita em um elegante papel velino que estalava ao ser desdobrado. Leu-a pela enésima vez.

Cara Sofia,
Espero que você tenha me perdoado pela escolha que fiz. Ainda estou convicto de que foi a melhor opção e, mais do que isso, tenho certeza de que você já teve como se ambientar no circo e entender o lugar fantástico que é.

Sofia suspirou. Pelo visto, o professor a superestimava.

A busca prossegue, embora muito menos rápida do que eu imaginei. Mesmo que você tivesse vindo comigo, não teríamos tempo para ficar juntos. A única coisa que faço é vagar por bibliotecas, percorrendo a cidade de um canto ao outro à procura de um fantasma.
Dele sei apenas que é um rapaz um pouco mais velho que você; de resto, escuridão total.

Sofia experimentara uma vaga decepção ao saber que o terceiro Draconiano era um menino. Desejava que se tratasse de outra menina. Formariam um belo trio juntas, tipo as Mermaid Melody, não fosse o fato de que ela não sabia cantar e de que, certamente, não era tão graciosa.

Encontro rastros do percurso dele por toda parte, mas todos conduzem a um beco sem saída. Sabe, estou começando a ficar um tanto irritado por essa situação. De todo modo, não desisto. E não desista você também.
Sei perfeitamente o quanto você se sente frustrada agora e sei que se sente culpada porque não consegue encontrar o fruto. Não faça isso.
Confesso-lhe uma coisa: mandei você embora com Lidja por isso também.
Você precisa mudar de ares, Sofia. O lago, sua atmosfera melancólica, e a minha casa... Você estava murchando. Lá, para você, não havia nada além

da missão, começando pelo seu quarto, que é tão parecido com Dracônia. Você precisa se distrair, aproveitar um pouco a sua juventude. Achei que o circo fosse o lugar ideal e tenho certeza de que você está se divertindo.

Sofia levantou os olhos da carta. A preocupação que o professor demonstrava por ela a comovia, e estava tão feliz por aquele afeto, por saber que ele se preocupava com o seu bem... Mas não era de distração que ela precisava, e sim da presença dele, da proximidade com a única pessoa que podia chamar de "família". Porque fora isso que sempre lhe fizera falta em todos aqueles anos: uma família.

Tenho certeza de que você e Lidja continuam a procurar, mas não se esforcem demais. Sim, a guerra ainda tem que ser combatida e o tempo nos atrapalha, mas não se angustiem. Também é preciso aproveitar a vida. Se estiverem cansadas e abatidas, é mais difícil fazer uso dos poderes de vocês. Isso é tudo. Espero ansiosamente pela sua resposta. Mande-a para o endereço que anotei no remetente.
Amo você.

Seu professor

Sofia estava com um nó na garganta. Nunca tinha sentido tanta saudade de casa como naquele momento. Sim, justo aquele lugar que o professor considerava triste e opressor era a sua casa e refletia perfeitamente seu jeito de ser e de sentir. Era por isso que havia feito aquela cena de manhã. Por causa da saudade e da solidão.

Levantou-se. Não seria fácil, mas tinha que voltar e se desculpar. Entendia que fizera um papelão horrível. Mas uma coisa deixaria claro: chega de palhaços!

Estava voltando quando ouviu um barulho ao longe. Não era o burburinho da água nem o sussurrar das frondes e, por isso, impressionou-a. Era algo diferente, rítmico e seco.

Tamancos.

Seu coração parou por um segundo. Em um instante, lembrou-se do pesadelo da noite anterior e sentiu um medo enlouquecedor, o mesmo sentimento que a aterrorizara no sono. A mão correu instintivamente para o pingente, lá, sob o casaco. Apertou-o, ansiosa.

"Se for o inimigo, o que eu faço?"

O sinal em sua testa começou a pulsar, e um calor familiar a envolveu: era Thuban, o dragão cujo espírito se hospedava nela. Desde a última batalha, havia treinado duramente e agora era capaz de chamá-lo e comandar seus poderes. Aprendera até a evocar as asas, asas de carne e osso, com as quais podia voar. Sentiu-as pressionarem suas costas. Estava pronta para combater se fosse necessário.

Pesadelos e encontros

O barulho aproximava-se. Sofia escondeu-se atrás de um arbusto e, com o coração na garganta, projetou-se. O barulho parou. Seus olhos sondaram a sombra ao redor, até que a viram. Uma figura negra, agachada. Estava acocorada embaixo de um enorme disco de bronze. Perto dela, pombos bicavam a terra.

Sofia pensou imediatamente em Nida, um dos dois capangas de Nidhoggr, a linda menina loira com quem precisara lutar meses antes. Seria ela?

Avançou devagarzinho, tentando entender. Tinha que saber se Nidhoggr estava ali, se havia mandado alguém em seu rastro.

Pela luz que passava por entre as frondes, viu um coque de cabelos brancos e o corpo parrudo de uma velha. Tranquilizou-se, dando um grande suspiro de alívio.

– Eu ouviu você, sabia? – disse a figura.

Sofia parou de respirar.

– Sei que você está aí. Não tenha medo, eu não mordo.

Sofia apertou novamente o pingente debaixo do casaco. Claro, não era Nida, mas e se fosse um inimigo, em todo caso?

– Os pombos também precisam comer, assim como nós – acrescentou a velha. Tinha uma voz calma, tranquilizadora. Começou a arrulhar, devagar, e os pombos aproximaram-se dela, esperançosos.

"Não fariam isso se fosse uma emanação de Nidhoggr", pensou Sofia.

Foi em frente, enrolada no sobretudo. A velha estava completamente vestida de preto: uma saia de pano, um casaquinho surrado, meias pesadas. Nos pés, tamancos. Uma vovozinha, nada além.

– Está vendo que não mordo? – repetiu a velha, e então lhe deu um pedaço de pão. – Você quer me ajudar?

Sofia aproximou-se, titubeante. Pegou o pedaço de pão seco e agachou-se também. Os pombos acorreram imediatamente.

– Achei que não houvesse ninguém aqui – disse, só para puxar conversa.

– Não é um lugar muito frequentado – replicou a velha com um sorriso. – Gosto dele por isso.

– Eu também – acrescentou Sofia.

– É o jardim de uma igreja – retomou a velha. – De um convento, para ser precisa. Talvez por isso seja um lugar tão tranquilo.

Sofia observava a luta dos pombos pelo pão. Sentia-se vagamente desconfortável, mas não sabia dizer por quê. Porém, instintivamente, sentia que podia confiar naquela mulher.

– A senhora mora aqui há muito tempo? – perguntou.

Ela pareceu se anuviar um instante.

– Há muito, muito tempo – respondeu com um tom dolorido na voz. Então, indicou algo. Sobre o muro vermelho do outro lado da pracinha onde estavam, havia uma escultura. Uma espécie de chapéu, em cujo topo dois ramos cheios de espinhos se cruzavam. – Eu estava aqui quando eles estavam.

– Eles, quem?

A velha calou-se, confusa.

– Eles – insistiu, então. – Você também, de algum jeito, está aqui desde aqueles tempos e desde antes ainda, não é?

Sofia sentiu um longo arrepio percorrer sua espinha.

– Quem é você?

A velhinha sorriu.

– Eu sinto as pessoas especiais, e você é especial. Como ela.

– Ela, quem? – perguntou Sofia.

– Ela – murmurou a velha, incerta. – Ela – repetiu, com dor.

Sofia continuou a olhá-la, mas a velha agora parecia novamente absorvida pelos pombos. Depois de um tempo, pôs-se de pé.

– Eu venho muito aqui. E você?

– Todos os dias se puder – respondeu Sofia.

– Então talvez nos vejamos de novo. Ou assim espero – disse a velha. Então, dirigiu-se à escadaria atrás dela, e o barulho dos tamancos sumiu aos poucos.

Sofia permaneceu pasma no centro da pracinha. Depois, os pombos levantaram voo, e foi como se o encanto se quebrasse. Quem era aquela mulher? E aonde tinha ido?

Precipitou-se escada abaixo. Seus passos pararam pouco depois, diante de uma grade. Fechada. Apoiou as mãos sobre as barras. Havia sonhado?

4
Um rapaz misterioso

—Onde diabos você foi se meter? – recebeu-a Lidja, com grosseria, quando Sofia voltou para o circo.

— Precisava ficar sozinha – replicou ela, fechando a cara.

— Você nos deixou preocupados, sem contar que tínhamos planejado estudar esta manhã. Você precisa lembrar que este ano temos as provas, e, se não passarmos, vai sobrar para o professor. A comissão nunca é boazinha com quem estuda em casa. Além do mais, você se esqueceu do fruto? Também temos uma missão a cumprir.

Lidja estava literalmente agredindo-a.

Sofia preparou-se para responder à altura, mas a amiga mudou o tom de repente.

— E me desculpe – disse, desviando o olhar.

Sofia ficou desconcertada. Por essa ela não esperava mesmo: Lidja era orgulhosa e tinha a tendência de achar que sempre tinha razão.

– Eu exagerei, não devia tê-la alfinetado – acrescentou em voz baixa. – Mas você também exagerou com aquela história dos palhaços.

– Um pouco – admitiu Sofia. – Também sinto muito – obrigou-se a dizer. – Me desculpe.

Lidja fitou-a por alguns instantes.

– Eu sei que você está com saudades de casa – disse, séria. – Não ache que eu não entendo como você se sente.

– Mas você não pode entender – replicou Sofia. – A casa do professor é o que eu desejei todos esses anos, uma casa de verdade, e eu a perdi tão rápido!

– Você não a perdeu. Daqui a pouco a turnê do circo acaba, e você vai voltar pra lá. Mas eu perderei para sempre a minha família.

Sofia nunca refletira sobre isso: aqueles eram os últimos meses de Lidja no circo. Quando a decisão fora tomada, parecia que ela não tinha dado tanta importância para isso. Continuara sua vida de sempre, ostentando sua costumeira segurança. Havia feito apenas um pedido: estar com a sua gente uma última vez.

– Na minha vida sempre houve só o circo – disse Lidja baixinho. – Desde que a minha avó morreu, essas pessoas foram a minha família. E a tia Alma... a tia Alma foi a mãe que eu nunca tive. Ela me criou e me ensinou tudo o que eu sei, sobre a vida e a arte circense. Me defendeu contra tudo e todos, me transformou no que eu sou.

Um rapaz misterioso

Fez uma pausa, e Sofia teve a impressão de que estava tentando segurar as lágrimas.

– Ela e as outras pessoas do circo não estarão mais comigo todos os dias – prosseguiu Lidja, e dessa vez sua voz tremeu um pouco. – Quando eu acordar, não os verei, não estarão comigo quando eu me sentir sozinha, ou triste. E vou sentir tanta saudade deles. Por isso, não ouse dizer que não entendo.

Sofia abraçou-a com toda a força. De repente, sentia-a tão próxima, tão parecida com ela. Por uma vez, Lidja estava fraca como ela, uma fraqueza doce, que a tornava ainda mais querida.

– Me desculpe, fui duplamente idiota.

Sentiu as mãos de Lidja acariciando suas costas e seu rosto se escondendo em seu ombro. Então, a menina afastou-se rapidamente.

– Vamos, temos um monte de coisas a fazer – disse, apressada, e voltou a ser aquela de antes: forte, segura, decidida. – Almoço e, depois, ao trabalho! Com o estudo e com o fruto.

Uma coisa Sofia conseguiu: nada de palhaços. Lidja até veio em seu socorro.

– Ela não se sente à vontade, portanto é melhor não obrigá-la – disse a Carlo e Martina, consternados.

– Mas ela é boa nisso! – insistiu Martina.

– Não duvido. Aliás, eu concordo com você, mas agora ela não está à vontade. Nem todos são feitos para o palco. Talvez mais para a frente ela queira tentar de novo.

"Nem morta", pensou Sofia, mas concordou. Era melhor demonstrar otimismo.

– Você vai levar as tortas no palco para a gente, pelo menos?

Sofia arrepiou-se. Já estava pronta para gritar um enorme "não", mas Lidja se antecipou:

– Vai levá-las sem maquiagem. Darei um dos meus vestidos a ela.

– Um discreto – acrescentou logo Sofia. – E chega daqueles sapatos horríveis. Eu só vou fazer isso se não existir nem a mais remota possibilidade de ter contato com aquelas tortas.

Martina e Carlo concordaram tristemente. Sofia tinha levado a melhor.

Antes do espetáculo, colocaram-na na bilheteria. Era algo que já havia feito outras vezes. Você pega o dinheiro, destaca o ingresso, sorri. Decididamente melhor do que mergulhar a cara no pão de ló. E, no fim das contas, ela gostava de ficar ali. Olhar todos aqueles desconhecidos a distraía. Ela se detinha em todos os rostos, tentando adivinhar as vidas que escondiam.

Um casal de idosos com uma criança atrás: dois avós e o neto, com toda a certeza.

Um casal jovem, talvez à procura de uma noite diferente.

Um rapaz misterioso

E, então, crianças por toda parte, como era normal: na fila para a famigerada foto com Orsola, ou perto do quiosque do algodão-doce. Crianças choronas, sorridentes, que faziam birra, que permaneciam boazinhas ao lado dos pais. Famílias.

Sofia olhava-as com um misto de dor e curiosidade. Não tinha ideia de como era viver em uma família. Ter uma mãe que prende as cobertas no colchão para você à noite, que lhe dá um beijo de boa-noite.

Pensou em sua mãe, de quem o professor nunca falava. Sempre que tentava fazer alguma pergunta a respeito, ficava evasivo e mudava de assunto. Não lhe dissera se estava viva ou morta, mas ele devia saber. Tinha conhecido seu pai e deixara escapar que sua mãe não era uma Draconiana. Com certeza ele devia ter alguma informação sobre ela.

"Se estivesse viva teria me procurado, teria vindo me pegar no orfanato. É o que as mães fazem", disse para si mesma.

– Ei!

Sofia sobressaltou-se. Estava tão imersa nos próprios pensamentos que se esquecera da fila na bilheteria.

– Me desculpe – disse, sem levantar a cabeça, colocando as mãos no talão dos ingressos. – O senhor disse que quer quantos? – E levantou os olhos.

Ficou boquiaberta.

Não era um adulto. Era um rapaz. Um rapaz que devia ter no máximo um ano a mais do que ela.

A Garota Dragão

Tinha os cabelos crespos, mas não aquele crespo horrível do dela, que transformava sua cabeça em um emaranhado indestrinçável de palha vermelha. Não, os cachos do rapaz eram longos, vaporosos, pareciam desenhados em espirais pela mão de um escultor. Tinha olhos escuríssimos e um esboço de sardas em volta do nariz. Era magro, alto para a idade, e Sofia achou que era a coisa mais linda que já vira. Não saberia dizer exatamente por quê, mas a deixava sem ar. Era tão... tão *perfeito*, e tinha um ar tão maduro e sofrido... E os olhos... poços negros que a engoliram em um instante, sem escapatória.

– Um ingresso – disse ele.

Sofia voltou à realidade. O menino olhou-a com o ar aborrecido de quem está lidando com uma idiota.

– Sim, eu... Desculpe... Não...
– Vai me dar ou não?

Foi necessário apenas um único instante para que aqueles olhos se enchessem de uma cólera ameaçadora, imbuída de maldade. Pareciam ainda mais escuros, quase negros. E estavam mais bonitos ainda.

Sofia olhou o talão: os dedos não conseguiam separar as folhas, tremiam. O talão caiu no chão.

– Droga... Um momento...

Escorregou da cadeira e começou a procurar no chão.

– Já vou! – gritou. Quando apareceu novamente, o menino havia sumido. Olhou ao redor, desesperada, com uma enorme sensação de perda. Era assim que acabava?

"Claro que acaba assim, porque você é burra!", disse uma voz em sua mente.

– Três, obrigado.

Sofia olhou o comprador. Um pai com uma criança nos ombros e uma graciosa senhora pendurada no braço. Demorou um instante para destacar os ingressos.

"Por que só agora vocês funcionam, dedos malditos?"

A bilheteria fechou quinze minutos mais tarde. Sofia sentia-se estranhamente embasbacada. O menino dos olhos escuros ficara em seu coração. Mas, assim que pensava no papel de idiota que tinha feito com ele, sentia-se mal. Sacudia a cabeça para tentar apagar aquela lembrança constrangedora. Nem mesmo saber que dali a pouco pisaria o picadeiro conseguia distraí-la. Para onde quer que olhasse, estavam aqueles olhos. Antes de partir para o picadeiro, sentiu uma estranha sensação no estômago, como na noite anterior. Mas não tinha nada a ver com a exibição que a esperava dali a pouco. Não, o centro de tudo, o motivo daquela confusão era o sujeito para quem não conseguira vender o ingresso.

Então, ouviu vozes exaltadas. Marcus. Marcus não gritava nunca. Bastava ostentar um pouco seu vozeirão de barítono que as pessoas ficavam pequenininhas. Dessa vez, porém, teve que levantar o tom.

– Para onde você está se esgueirando? – dizia.

– Não estou me esgueirando para lugar nenhum!

Sofia sentiu o coração bater mais forte. Aquela era a voz *dele*. Dissera-lhe apenas duas palavras, mas a reconhecera. Correu até a entrada. Era ele.

– Ah, não? E o que você estava fazendo embaixo da lona, metade dentro e metade fora?

– Vocês não valem o preço do ingresso – rebateu o menino com uma risadinha, enfiando as mãos no bolso.

Tudo ao redor perdeu consistência e se dissolveu em um magma de cores indistintas. Ele estava no meio da cena. Calça camuflada, camisa xadrez branca e azul, camiseta surrada e desbotada. Perto do peito, havia um minúsculo buraco. Cada detalhe daquela imagem se imprimiu com fogo na mente de Sofia.

O menino a viu. Apontou para ela.

– E a culpa é dela, eu tinha o dinheiro.

Sofia voltou a si. Marcus a olhava. O menino havia tirado do bolso uns trocados que agora segurava na palma da mão.

– Foi ela que não quis me dar o ingresso, tire satisfação com ela.

Marcus olhou-o, desconfiado, então virou-se para Sofia.

– Que história é essa?

Ela estava com a garganta completamente seca. Onde tinha ido parar a sua voz?

– Eu... Bem... Não...

O rapaz fitava-a com ar de superioridade absoluta. Com toda a razão, pensou Sofia, dado o papelão patético que fizera poucos minutos antes.

– Não, é que... Sim, ele tem razão... Meu talão caiu, então eu me distraí um pouco e... – O resto terminou em um resmungo indistinto.

Marcus coçou a cabeça.

– Sofia, eu não estou entendendo nada.

– Foi culpa minha, ele tem razão – rendeu-se ela.

– Não disse?! – exclamou o rapaz, assumindo um ar prepotente que Sofia amou de imediato.

Marcus fitou-o, depois seu olhar pousou em Sofia e novamente no menino.

– Você tem ou não o dinheiro? – disse, enfim.

Ele bufou, tirou de novo a mão que havia enfiado no bolso e mostrou o dinheiro do ingresso. Entregou-o a Marcus.

– Satisfeito?

Marcus olhou-o, torvo.

– Nunca mais tente fazer isso.

– A um lugar onde me tratam como ladrão com certeza eu não volto – replicou o rapaz, lançando um olhar assassino para Sofia.

Ela ficou aturdida. "Diga alguma coisa, qualquer coisa."

– Eu... eu sinto muito.

O menino deu de ombros, indiferente.

– E o ingresso?

– Já, já – disse ela, pulando como uma mola. Tinha colocado o que sobrara do talão no bolso. Puxou-o com dificuldade, e o rapaz o arrancou de sua mão.

– Deixa que eu faço, *obrigado* – acrescentou ele, aborrecido. Pegou o ingresso e, então, com grosseria, colocou o talão novamente na mão dela.

Sofia seguiu-o com o olhar até ele desaparecer depois da entrada.

Seu coração voltou a bater, e ela pôde dar um suspiro profundo, como se houvesse ficado por um longo tempo debaixo d'água e agora estivesse sem ar.

– Mas você ainda está aqui? – sacudiu-a Lidja, como de costume, muito acelerada, antes do início do espetáculo. – Vamos, você tem que se vestir!

Ela já vestia os trajes de trabalho, linda como sempre.

Sofia, ainda atônita, deixou-se levar. Somente no camarim se deu conta. Ele entrara e agora estava sentado nas arquibancadas. Ele a veria de tutu, com todas as dobrinhas de gordura bem à mostra.

– Não!

Lidja quase se assustou com aquele grito.

– Não, o quê?! – exclamou.

– Hoje não posso me apresentar – disse Sofia, pulando para fora da cadeira. – Estou... com dor. De barriga. Dor de barriga.

– Sofia, fique calma.

Um rapaz misterioso

Mas ela já tinha se encaminhado para a porta.
Lidja agarrou seu pulso.
– Sofia!
Sofia olhou-a, suplicante.
– Não posso, de verdade. De jeito nenhum.
– Escute, eu achava que você tivesse aceitado. Não tem que se exibir, não está vestida de palhaço, garanto que ninguém vai rir de você. Pelo menos isso você deve a Martina e Carlo.
– Não, você não entende... Eu não posso sair emperiquitada assim! – Indicou o vestido do espetáculo sobre a cadeira. No fundo, nem era tão terrível. Talvez em uma pessoa normal até ficasse discreto. Mas ela não era normal. Ela era um saco de batatas.
– Não se faça de boba – insistiu Lidja. – A saia é comprida, tem apenas uma fenda do lado. Você só tem que dar cinco passos, cinco. Imagina se as pessoas vão começar a olhar as suas pernas. Juro, Sofia, é a coisa mais discreta que eu encontrei.
– O corpete é justo. E eu sou gorda.
Lidja deu um longo suspiro.
– Você agora vai parar de bancar a idiota. Admita que, se não fosse por mim, não ia ser nada de corpete justo, você ia acabar de cara no carrinho das tortas de novo. Enfie essa droga de vestido, sorria e faça o seu dever no picadeiro, está claro?
– Claro – murmurou Sofia.
– Já me enchi de todas essas histórias, me enchi da sua cara amarrada, me enchi dos seus complexos

de inferioridade sem sentido. Agora se vista, tudo bem?

Sofia sentiu-se submersa por aquele mar de palavras. Agora Lidja quase lhe dava medo.

– Tudo bem.

A amiga indicou-lhe o vestido. Sofia colocou-o, evitando o espelho cuidadosamente, e, quando se virou, viu Lidja examinando-a com olho crítico.

– Se você se olhasse no espelho, descobriria que cai muito bem em você – disse, e foi embora indignada.

Sofia lançou um olhar curioso na direção do espelho. Uma garota cabeçuda usando um vestido de gala, era isso que parecia. Deixou escapar um gemido.

Esperou a própria vez atrás das coxias como um condenado à morte. Seus olhos doíam de tanto procurar o menino no meio do público. Talvez não estivesse lá, talvez tivesse decidido não entrar, no fim das contas, e ela estaria salva.

Mínimo chamou ao palco Martina e Carlo. Entraram saltitando como doidos. Sofia não conseguiu acompanhar o número deles. Examinava os assentos nas arquibancadas um a um, rezando para que ele não estivesse lá. Foi quando sentiu uma mão se apoiar em seu ombro.

– Mas o que está fazendo? É a sua vez, vai!

Era Lidja.

– Ah! Sim, sim – disse, de modo mecânico. Então, pegou o carrinho e fez sua entrada. Assim que pisou

Um rapaz misterioso

a terra batida do picadeiro, sentiu-os. Os olhos *dele*. Escondidos em algum lugar, invisíveis, olhando e rindo dela, daquele vestido totalmente inadequado ao seu físico de criança gorducha. Era como ser espetada por vários alfinetes pequenos. Deu um passo depois do outro, aterrorizada. Avançou devagar, enquanto Carlo e Martina tentavam preencher aquele buraco inesperado no espetáculo como podiam. E, de repente, estava ali, no centro, parada, os olhos arregalados. Entregou o carrinho para Carlo e lembrou-se de que, em vez disso, deveria colocá-lo diante de Martina. Carlo não criou caso: pegou uma torta e disparou-a direto na cara de Martina. Ela, prontamente, pegou outra e jogou no colega.

Risadas. Pronto. Estava feito. E tinha corrido tudo bem. Sofia saiu sorrateiramente pelos fundos o mais rápido que pôde. Sentou-se no chão e voltou a respirar. Estava em segurança.

– Bem, parabéns! Embora eu tenha que dizer que quando você caía de cara nas tortas era mais engraçado. – Lidja sorria, sarcástica.

Sofia olhou-a aturdida.

– Pelo menos não foi humilhante como ontem – disse quase para si mesma, depois observou novamente as arquibancadas. Quem sabe ele ainda estava ali e a tinha visto.

O rapaz saiu da tenda e misturou-se à multidão. Caminhou por um longo tempo, devorando a rua com passos largos. Aos poucos, as vozes dos espectadores se afastaram, e, assim, o murmúrio submerso da cidade o envolvia no sossego da noite. Quando achou que já havia espaço suficiente entre si e a civilização, diminuiu o passo. Estava sem fôlego. Olhou ao redor: era a periferia. Perfeito.

Bastou fechar os olhos e concentrar-se apenas um instante. Algo serpenteou sob a camiseta, desenrolando-se pela coluna vertebral. Da gola, emergiu a parte final de uma espécie de centopeia metálica, que se agarrou com firmeza ao pescoço dele com duas patinhas finas como agulhas. Foi o único momento de dor. Então, bastou bater as pálpebras. Asas evanescentes, de dragão, brotaram de suas costas e, por um instante, flutuaram etéreas no ar gelado. Depois, da estrutura sobre suas costas partiram longos filamentos metálicos, primeiro finos, depois robustos. Enrolaram-se pelo contorno das asas de dragão, acabando por tomar o lugar de suas nervuras.

O rapaz olhou o céu plúmbeo. Bateu as asas duas vezes, depois levantou voo. Alguém esperava por ele às margens da cidade.

5
O inimigo se move

O rapaz voou sobre os campos desertos, adormecidos no silêncio da noite, e seguiu o curso preguiçoso do rio Sabato. Viu-o se estreitar, penetrando por gargantas ásperas. Rodopiou duas vezes sobre o estreito, então desceu. As asas se recolheram, o cordão metálico que tinha nas costas enrolou-se sobre si mesmo e desapareceu debaixo da camiseta.

Sentiu um arrepiou. Era um inverno muito rigoroso, e a camiseta e a camisa que usava agora estavam rasgadas. Tentou manter nas costas os farrapos que sobraram. Olhou ao redor. O lugar era desolador. O rio fluía lentamente, abrindo caminho entre amontoados de lixo, com um gorgolejo que parecia um soluço.

"É o lugar ideal para pessoas como eu", pensou, com raiva.

— Você está aí? Estou com frio – berrou.

A única coisa que ouviu em resposta foi o lamento melancólico de uma coruja.

– Ei! – repetiu, em voz mais alta.

Um chiado. O menino virou-se. Viu-o emergir em meio ao lixo, sério e elegante. Era um jovem de uns trinta anos, lindo. Os cabelos, castanho-acobreados, desciam macios na frente de um dos olhos, e, de vez em quando, ele os afastava com a mão em um gesto pretensioso e sensual. Era alto, magro e vestia-se de um jeito impecável: calças claras, um paletó da mesma cor sobre uma camisa rosa-clara. Em torno do pescoço, levava uma macia echarpe de casimira. Avançava com passos largos, quase voando sobre os amontoados de lixo.

– Por que você está gritando? – perguntou, com um sorriso enviesado.

O rapaz envolveu os ombros com os braços.

– Estou gritando porque não estou a fim de ficar aqui plantado enquanto espero você. Estou com frio.

O jovem parou e examinou-o com ar severo.

– Você acha que isso é jeito de se dirigir a um superior?

Ele manteve seu olhar insolente.

– Ajoelhe-se!

O rapaz sorriu.

– Nós dois somos servos aqui, Ratatoskr, você sabe disso, e existe apenas um a quem devemos nos ajoelhar.

– Está enganado, Fabio – replicou o jovem. – Você certamente é um servo, mas eu sou bem diferente.

O inimigo se move

O rapaz foi obrigado a baixar o olhar.

– Você deveria inventar alguma coisa para essa história das asas. Não posso jogar fora uma camiseta toda vez que as recolho. Não tenho dinheiro sobrando.

Ratatoskr riu.

– Aí está outra diferença entre eu e você. Eu com certeza não ligo para bobagens desse tipo.

Fabio apertou mais ainda os ombros com os braços.

– Então, vamos em frente ou não?

O jovem olhou-o por um longo tempo.

– Novidades? – perguntou.

– Algumas.

Ratatoskr suspirou.

– Que seja – disse, dando-lhe as mãos.

A contragosto, Fabio tirou suas mãos dos ombros e segurou as do outro. Eram muito frias. Fora a primeira coisa que notara naquele sujeito, quando viera bater em sua porta. Parecia que nenhum calor esquentava seus membros, como se o sangue que circulava em suas veias fosse gelado. Isso o inquietou: nenhum ser humano podia ter mãos tão frias.

Nenhum ser humano. Havia começado a acreditar em sua história inverossímil exatamente por causa das mãos geladas. Lembrou-se de quando caçava lagartixas, da sensação pegajosa e fria que a pele delas transmitia às pontas de seus dedos.

Apertou as mãos do jovem, entrecerrou os olhos.

– Da profundeza de seu cativeiro, a chamamos, ó Cobra Eterna. Responda à nossa súplica – cantarolaram em uníssono.

Todos os barulhos ao redor deles se extinguiram, e as estrelas desapareceram de repente. O negrume invadiu todo o entorno do leito do rio, escalando as rochas do estreito, devorando todas as formas, até que tudo se tornou escuridão. Nidhoggr... Fabio sentiu-o antes ainda de vê-lo e, como sempre, tremeu. Ainda não se acostumara ao terror que sua figura emanava nem ao seu poder tremendo, àquela sensação de aniquilamento que sua aparição evocava a quem estivesse a sua frente. Mas tentou ficar firme, porque ele era um cara durão, um cara que não tinha medo de nada.

No nada que circundava Ratatoskr e Fabio, em um primeiro momento delineou-se um par de olhos ardentes e luminosos. Depois, da escuridão emergiu devagar o contorno de um focinho alongado e o vermelho de uma boca larga e grotesca, aberta em uma risadinha terrível. Enfim, o branco de presas afiadas. Por último, o desenho de escamas coriáceas, pretas. As narinas fremiram, cheirando algo. O ar, passando através delas, sibilou sinistramente.

– Estou quase sentindo... O cheiro do ar, o perfume da noite... Estou mais forte; e o lacre, mais fraco... – Por alguns instantes, o ser monstruoso calou-se. Então, de súbito, arregalou os olhos, plantando-os sobre Fabio. – Por que me incomodam?

Foi Ratatoskr quem falou:

O inimigo se move

– O rapaz me pediu para evocá-lo, meu Senhor.

– Eu sei – foi a resposta seca de Nidhoggr. – Depositei muita confiança em você, rapaz. É o primeiro da sua espécie a quem deixo à vontade, porque sei que no seu coração você me pertence, que sua alma está do meu lado. Demonstre que mereceu esse dom: está com a ampola?

Fabio engoliu em seco.

– Procurei por toda parte – disse. – Nos lugares das lendas e nos que o senhor me sugeriu. Não está lá.

Ouviu Nidhoggr estremecer de raiva reprimida, viu seus olhos se encherem de ódio, até que sua fúria explodiu. Sentiu-se atravessado por ela, dilacerado. Sua mente pareceu se partir, sua garganta irrompeu em um grito.

Então, assim como tinha começado, acabou. Fabio teve a sensação de escorregar em direção à escuridão e à inconsciência. Contudo Nidhoggr segurou-o apenas com a força do pensamento.

– Dei uma ordem e você deve me obedecer cegamente – disse, com frieza.

O rapaz tentou recuperar a lucidez.

– Acho que sei onde se encontra – afirmou, com voz engasgada. Nidhoggr afrouxou a pegada, e ele pôde respirar novamente. – A igreja – acrescentou, levantando o olhar. Queria desesperadamente se mostrar forte e suportar o peso daqueles olhos impiedosos.

– E por que justamente lá? – interveio Ratatoskr com um meio sorriso.

– Porque é um lugar delas – respondeu Fabio, decidido e desdenhoso. Então, voltou a olhar Nidhoggr. – O senhor disse que a ampola lhe foi roubada, que as sacerdotisas a pegaram de seus seguidores. Se for assim, deve estar em um dos lugares delas, e é a igreja. Ou, pelo menos, foi construída em um lugar que teve a ver com elas. Senti uma atmosfera estranha alguns dias atrás, quando fui até lá.

Nidhoggr permaneceu em silêncio, os olhos entrefechados, duas espirais de fumaça cinza que se delineavam no preto ao redor de seu rosto.

– O tempo urge – disse enfim. – Cada erro seu, cada hesitação condenável pode aproximar nossos inimigos do fruto.

– Meu Senhor, eles nem sabem que estamos aqui, não conhecem o que nós conhecemos. E, de qualquer maneira, Nida já está no rastro do terceiro fruto – observou Ratatoskr.

– Não me interessa. – A voz de Nidhoggr trovejou, feroz, perfurando as mentes dos seus servos. – Não terei paz enquanto Thuban não for aniquilado e a Árvore do Mundo destruída. Já perdemos o primeiro fruto: não vou admitir outras falhas.

Então, Fabio sentiu seu olhar novamente sobre ele.

– Você conhece os pactos. Dei-lhe muito, e muito exijo em troca. Se você falhar, pegarei tudo de volta e, por último, tirarei sua vida.

O inimigo se move

O rapaz controlou o medo na própria mente e tentou parecer firme.

– Não vou falhar.

– Assim espero – sibilou Nidhoggr.

As trevas dissiparam-se, o rosto do senhor das serpes desapareceu de repente, e Fabio e Ratatoskr ficaram sozinhos no panorama desolador do estreito novamente. Fabio estava no chão, com as mãos pousadas sobre a rocha nua. Ouviu Ratatoskr rir atrás de si.

Arreganhou os dentes, depois pulou sobre o rapaz. Agarrou-o pelo colarinho, enquanto os enxertos de suas costas se ativavam novamente e envolviam seu braço direito em um invólucro de metal líquido. Bastou um instante para que, sobre seu punho, se materializasse uma lâmina afiada que fincou na garganta do jovem.

– Do que você está rindo?

O sorriso havia desaparecido do rosto de Ratatoskr.

– Abaixe as mãos.

Fabio não respondeu. Bastou o outro apertar seu pulso com uma das mãos. Um relâmpago escuro, e o menino gritou de dor, soltando-se dele.

– Não ouse me ameaçar – sibilou Ratatoskr. – Estava rindo do papelão ridículo que você fez. Estava rindo porque, no fim das contas, você não é melhor do que os Sujeitados que o precederam.

– Eu sou diferente. Sou forte – disse Fabio, fitando-o com rancor.

Ratatoskr chegou perto dele.

– Então demonstre isso. Traga a ampola ao nosso Senhor.

– Farei isso, ah, se farei, e você vai engolir aquela risadinha.

– Veremos. – Ratatoskr riu, maldoso. Então, levantou a mão e mostrou dois dedos, o indicador e o médio. – Dois dias. Depois, daqui a duas noites, nos encontraremos novamente, e, se você não tiver a ampola, bem, diga adeus aos seus poderes e à sua preciosa consciência. Já estão prontos os enxertos que controlarão a sua vontade.

– Você vai usá-los com outra pessoa. Eu não vou falhar.

– Você gosta muito de falar, não é? – Ratatoskr permitiu-se outro sorriso sarcástico.

Então, afastou-se com a mesma elegância com a qual chegara.

– Dois dias, nada mais – acrescentou. E a escuridão o engoliu.

Enquanto Fabio se preparava para levantar voo na noite novamente, Sofia se revirava na cama, tentando dormir. Sentia-se transtornada, e, quanto mais o tempo passava, mais se aguçava uma dolorosa consciência do que havia acontecido naquela noite. O terrível papel que desempenhara com o menino na bilheteria, seu olhar obscuro, desdenhoso, quando enfim lhe dera o ingresso.

O inimigo se move

Todos os pensamentos, tudo se esvaía diante daqueles olhos escuros e daqueles cachos. Sofia sabia bem o que essa obsessão significava. Porque, de algum modo, já havia acontecido com ela. Quando ainda estava no orfanato, esperara ansiosamente a chegada da correspondência durante um ano inteiro. Quem a trazia era um loirinho muito fofo que uma vez havia trocado duas palavras com ela e contara uma piadinha. Desde então, Sofia só pensara nele, suspirando toda vez que o via chegar e ir embora. Sonhara com um futuro junto com ele, até mesmo com uma casa e filhos, e um vestido branco em uma pequena igreja no campo. Então, um dia, o vira beijar apaixonadamente uma menina que ela não conhecia, mas que lhe parecera linda. Fim do sonho. Desde aquele momento, evitara cuidadosamente o momento da entrega da correspondência, até o carteiro do seu coração ser substituído por uma inofensiva senhora de meia-idade, gorducha e mal-educada.

"É como daquela vez", pensou, com um doloroso aperto no coração. "Aliás, pior do que daquela vez." Porque agora era mais forte, mais doce e terrível. Porque aquele menino havia tentado entrar sem ingresso, irritara Marcus e escondia algo de obscuro, ela sentia. Aquele olhar malvado que irradiava de seus olhos por um instante deixara-a congelada.

Virou-se na cama com raiva e afundou o rosto no travesseiro. Os olhos pretos dele foram a última coisa na qual pensou antes de adormecer.

6
A nogueira

– Bingo! – exclamou Lidja, sentando-se à mesa do café da manhã. Sempre pulava como um grilo de manhã, enquanto Sofia precisava de muito tempo para se sentir desperta. Naquele dia, porém, Lidja estava ainda mais eufórica.

– A noite trouxe alguma dica? – perguntou Sofia, mergulhando um biscoito no leite, cansada.

– Não só isso: trouxe um sonho interessante.

Sofia logo ficou atenta. Porque na noite anterior haviam discutido sobre seu sonho. Em um primeiro momento, não achou necessário contá-lo a Lidja, mas um bom senso tardio lembrou-lhe de que os sonhos e as visões sempre foram um modo com o qual os poderes delas se manifestavam. Aquele pesadelo poderia ser uma pista na procura pelo fruto.

– Eu caminhava na mesma rua do seu sonho.

Sofia sentiu as batidas do coração.

– Não é possível.

A nogueira

— Prédios todos idênticos, irreconhecíveis, uma rua que subia ligeiramente, e no chão um pavimento estranho... Como se eu andasse sobre escamas de cobra.

Sofia sentiu de novo a angústia daquela noite, a terrível sensação de terror que a atormentara no sonho.

— É essa mesmo — murmurou.

— Só que Nidhoggr não estava. Mas havia uma árvore.

— A Árvore do Mundo.

Lidja sacudiu a cabeça.

— Não, não. Não era a Árvore do Mundo.

— Como você sabe? Nunca a vimos nem sonhamos com ela, só conhecemos o fruto que recuperamos quase um ano atrás, o de Rastaban.

— Eu *sentia* que não era. Era uma árvore diferente. Tinha algo de especial, mas não era a Árvore do Mundo. Era uma nogueira.

— Por que especial?

— Estava exatamente no meio da rua, eu a avistei de longe. As raízes afundavam embaixo das escamas, e eu as via penetrar no terreno e crescer a uma velocidade assustadora. Enquanto as raízes se alongavam, as escamas pulavam para fora, e a terra nua vinha à tona. Mas a terra também tinha algo de estranho, porque era luminosa. Parecia que a nogueira dava vida a ela, entende?

Sofia concordou.

– É muito diferente do meu sonho... Quero dizer, o meu era um pesadelo, o seu parece... Sim, um sonho bom. – Preferiu não ficar muito tempo pensando que, para ela, sobravam pesadelos terríveis enquanto, no geral, Lidja tinha sonhos agradáveis, de árvores que faziam brotar grama em vez de ruas.

– Mas a cidade era a mesma.

Sofia sacudiu a cabeça.

– Escute, eu pensei, e acho que não quer dizer nada. Mesmo se significasse algo, é confuso demais. Não conseguimos entender que cidade é, os prédios são anônimos...

– É a única coisa que temos em mãos, e não acho que seja coincidência que tanto o meu sonho quanto o seu pesadelo sejam ambientados no mesmo lugar – objetou Lidja, decidida. – Há meses procuramos o fruto sem nenhum resultado e há meses nem eu nem você temos visões. Essa é a primeira vez que vemos alguma coisa, alguma coisa que, eu sinto, tem a ver com o nosso passado, com a nossa natureza Draconiana. Não podemos deixar isso escapar.

Sofia ficou mexendo o leite por um tempo, pensativa.

– E então? Qual é o plano?

Lidja pareceu perder um pouco da segurança.

– Não sei. Poderíamos tomar a árvore, a nogueira, como um ponto de partida. Talvez seja uma pista para entender de qual cidade se trata.

– E o que procuramos? Nogueiras famosas da História? – Sofia deixou escapar um meio sorriso.

– Por exemplo – afirmou Lidja, sem nenhuma sombra de ironia.

– Você está falando sério?

Lidja estava seriíssima.

– Temos que procurar informações a respeito. Podemos começar com a internet. – Na casa do professor não havia acesso por causa da falta de eletricidade, porém no circo se arranjavam com uma conexão temporária, intermitente e lentíssima, mas melhor do que nada.

Sofia suspirou.

– É complicado demais, não saberia me virar.

– Claro, você é uma verdadeira derrotista – observou Lidja.

– Mais que derrotista, sou realista. Até porque sei que você tem que ficar aqui e treinar, então vai sobrar para mim ficar de espiã na internet.

– Pelo menos você vai evitar a mítica dupla CicoByo. Não fica feliz? – disse Lidja, piscando para ela.

Sofia retribuiu.

– Você, ao contrário, sempre vê o lado melhor das coisas.

Lidja jogou um miolo de pão nela, e Sofia respondeu dando a língua. Pelo menos o dia tinha começado com um sorriso.

A Garota Dragão

Sofia, com a desculpa do estudo, foi para o computador, um laptop muito antigo que todos no circo revezavam. Foi um meio martírio. Já não tinha lá grandes jeitos para pesquisas na rede, porque na confusão de informações sempre acabava sem entender o que era confiável e o que era absurdo. Além disso, o modem que usava para se conectar parecia uma lata-velha. No fim, percebeu que a única solução era confiar nos antigos meios. Procurou uma bibliografia básica – escolhendo um pouco ao acaso, na verdade – e decidiu que no dia seguinte iria à biblioteca. Havia uma na avenida Garibaldi, lembrava-se bem.

Pelo menos aquela pesquisa a impediu um pouco de pensar no rapaz misterioso. Na realidade, longe de ter passado uma boa noite de sono, a sua obsessão ainda estava ali, pior do que no dia anterior.

Via-o um pouco por toda parte. Nos passantes além do campo, nos rostos dos colegas do circo, naquele talão de ingressos que ainda mantinha no bolso como se fosse uma relíquia. Sentia-se ridícula, porém não conseguia fazer nada a respeito. Era mais forte do que ela, não pensava em outra coisa.

Desligou o computador, olhou ao redor. Faltava uma horinha para o jantar e começava a ficar fresco, mas ela precisava aclarar as ideias. Seus olhos ardiam, e a cabeça estava pesada. Apertou o cachecol em volta do pescoço, colocou o sobretudo e saiu para um passeio. Como de costume, seus pés a levaram pelo caminho. Dessa vez olhou a parte alta da

A nogueira

rua: lá estava a Casa Municipal, onde nunca estivera. Enfiou as mãos nos bolsos e disse a si mesma que podia fazer isso. Caminhou. Na verdade, não queria apenas andar e se distrair um pouquinho. A razão, inconfessável, era outra.

Nunca admitiria, mas morria de vontade de rever o rapaz misterioso. Caminhava e se perguntava se ele já havia pisado naquelas mesmas placas de basalto. Olhava os prédios e imaginava se ele morava por ali. Ela não gostava de se sentir assim. Prosseguiu de cabeça baixa, para evitar estremecer cada vez que via passar alguém com porte e postura similares aos dele.

Entrou no jardim e enfim levantou a cabeça. Sentia-se imediatamente melhor quando colocava os pés em um lugar onde havia grama e árvores. Talvez isso tivesse a ver com o fato de ser Draconiana, talvez fosse apenas gosto pessoal, mas a natureza, ao contrário das pessoas, a deixava logo à vontade. Começando pela grande árvore que surgia na entrada: tinha um galho gigantesco que pendia ameaçadoramente sobre um banco e era pesado a ponto de precisar ser sustentado por uma corda metálica reforçada com um anel robusto. Sofia sorriu: parecia um galho acorrentado.

Começou a vagar pelas ruelas quase desertas. Qualquer outra pessoa teria algum temor em um parque à noite, com pouquíssimas pessoas por lá. Ela não. Era como se estivesse em casa. A escuridão, as árvores, o doce burburinho da água das fontes, até mesmo o frio. Tudo fazia com que se sentisse bem.

Abandonou-se em fantasias estranhas: imaginou cruzar com o rapaz misterioso, que a reconheceria e a cumprimentaria com um sorriso aberto. Milagrosamente interessado nela, começariam a conversar, descobrindo um monte de coisas em comum. Então, em pé em uma daquelas ruazinhas, ele primeiro colocaria um dos braços ao redor dos ombros dela e depois a beijaria de repente.

Sofia corou violentamente. "Idiota", disse a si mesma, impiedosa. Não tinha um pingo de esperança de suscitar nele o mínimo interesse, nem de vê-lo novamente.

Subiu os grandes degraus do gazebo e parou sob a sombra. Era familiar para ela porque tinha as mesmas linhas esbeltas e elegantes de tantos objetos na casa do professor: era do *século XIX*, exatamente como ele. Suspirou. Sabia lá o que ele estava fazendo e se de vez em quando pensava nela, arrependendo-se de não tê-la levado.

Sentou-se no mármore, levou os joelhos até o peito e pousou o queixo sobre eles. A melancolia começava a abrir caminho: doce, sutil. Mas algo chamou sua atenção. Atrás dela, nos degraus que conduziam ao gazebo, de repente uma centena de pombos se aglomerou. Nunca gostara muito de pombos, pareciam sujos; mas era estranho que de repente houvesse tantos assim.

A nogueira

Levantou-se, desceu dois degraus e descobriu, entre os pássaros, alguém com as costas curvadas, um par de tamancos apertados cobrindo pés em pesadas meias pretas. A velha.

Sofia foi sacudida por um arrepio. Lembrava-se do jeito que a vira sumir, e agora também aparecera de repente, do nada.

A velhinha lhe deu um sorriso triste e desdentado.

– Nos encontramos de novo – disse.

– É.

A mulher idosa deu um passo para a frente e Sofia recuou um passo. Não havia nada de verdadeiramente ameaçador nela, mas tinha medo. E o ar pareceu de súbito mais gelado.

A velha lhe entregou um saquinho.

– Para os pombos – disse.

Sofia hesitou um instante antes de pegá-lo. A mão da mulher era insolitamente fria. Olhou dentro do saquinho: ração para pássaros.

Pegou uma pitada e jogou no chão. Os pombos acorreram arrulhando: ouviu a batida das asas deles em volta das pernas.

– A senhora também gosta da solidão? – perguntou.

A velha olhou-a como se não entendesse.

– Sim, sou sozinha... há muito tempo. É que estou procurando algo... há tanto tempo – murmurou, sonhadora.

Sofia lhe devolveu o saquinho. De repente queria ir embora.

– Quando ela ainda estava aqui, era diferente... Havia calor e luz – acrescentou a velha. – Mas depois a nogueira foi derrubada, e tudo acabou. – Olhou o chão, desconsolada.

Algo se acendeu na cabeça de Sofia.

– A nogueira?

– Sim, sim, a nogueira. – A mulher assumiu um aspecto inspirado. – *Unguento, unguento, me leve até a nogueira de Benevento, sobre a água e sobre o vento, apesar do mau tempo!* Dizia assim, assim dizia! E ela ia até lá. Elas iam até lá.

Sofia engoliu e tomou coragem.

– Elas, quem? E quem é essa "ela" de quem a senhora me falou da outra vez também?

– As bruxas, como eram chamadas. Mas ela dizia que eram sacerdotisas.

– E essa nogueira ficava aqui? – Sofia sentiu o ar ficar espesso, custava a entrar em seus pulmões. Pouco a pouco, os barulhos se apagaram, e até mesmo o arrulhar dos pombos diminuíra.

– Ninguém sabe onde está. Estava aqui em Benevento, sim, mas onde... onde... *Unguento, unguento...* – E voltou a cantarolar.

Sofia sentiu que não tiraria mais nada dela. Mas o que escutara já bastava. Era a nogueira com a qual Lidja havia sonhado? Um pombo subiu em um de seus sapatos, e ela sacudiu o pé, assustada. Com aquele gesto, os pássaros se dispersaram em um voo desabalado, fazendo-a fechar os olhos instintivamente. Quando os reabriu, a velhinha havia sumido.

Em compensação, um guarda olhava para ela.

– Tudo bem? – perguntou.

Sofia respirou fundo.

– Sim, acho... que sim – respondeu.

– Você não deveria estar aqui. Aqui não é um bom lugar à noite – acrescentou o guarda. – Você se perdeu?

Sofia desceu os degraus devagar.

– Não, não... Só estava dando uma volta.

– É melhor você ir para casa. De dia aqui é mais bonito e seguro.

– Vou embora logo – apressou-se em dizer Sofia. E correu para a saída. Até porque tinha encontrado o que estivera procurando.

7
O êxito da busca

– Então a nogueira não existe mais? – perguntou Lidja.

– Foi derrubada há muito tempo. Não sei dizer há quanto – respondeu Sofia, e então contou sobre a velha.

– Uma figura estranha – observou Lidja.

– Acho que tem um parafuso a menos, mas parecia ter certeza do que dizia.

– De qualquer jeito, você foi imprudente: não deveria ficar de papo com estranhos, podem ser inimigos.

– Me pareceu inofensiva. Claro, um pouco inquietante.

– Principalmente porque aparece e desaparece de repente, e você sempre a encontra quando está sozinha... Claro que dá pra ficar desconfiada – observou Lidja.

O êxito da busca

Sofia não havia pensado em todos esses detalhes. Estava tão acostumada a menosprezar os próprios medos que nunca achava que pelo menos algum pudesse ter fundamento.

– Da próxima vez vou prestar atenção. O importante é que temos uma pista – concluiu, os olhos brilhando.

– E a sua pesquisa na internet, como foi?

– Uma tragédia. Aquele computador é da época dos dinossauros.

– Mas é melhor do que nada, não é? – replicou Lidja, ressentida. –Além do mais, ele tem tudo o que é necessário, se você souber usá-lo.

Sofia percebeu que tocara em um tema desagradável. Mudou de assunto.

– Listei alguns livros que falam das coisas que nos interessam. Há uma biblioteca na avenida. Estava pensando em ir consultá-los amanhã.

– Sim, amanhã você tem que começar sem falta – cortou Lidja.

– Sim, senhora! – exclamou Sofia, fazendo uma saudação militar. O fato de ter enfim uma pista séria a deixava de bom humor.

No dia seguinte, chegou à biblioteca cedo demais. Não sabia os horários de abertura e por isso se adiantou, apresentando-se por lá às duas e meia. Teve que esperar plantada na frente da porta fechada por mais de meia hora. Lidja ficou no circo para os treinamentos da tarde. Alma sabia algo sobre os poderes da neta. Quando fora falar de Lidja com ela, o professor lhe contara pelo menos uma parte da verdade. Sofia sabia disso porque, antes de cumprimentá-la, ele dissera em voz baixa:

– Se precisar, pode confiar em Alma. Ela sabe... algumas coisas.

Sofia não sabia por que o professor havia confiado naquela mulher.

– Minha avó e tia Alma eram como irmãs. Durante a guerra conseguiram sobreviver juntas, únicas da *kumpania* delas, e isso as uniu muito – contara Lidja.

As outras pessoas do circo, porém, não sabiam nada sobre os poderes delas. Sempre era necessário inventar algo para justificar as ausências.

– É por causa do estudo. Tenho que fazer uma pesquisa. – Foi a mentira do dia, uma desculpa boa para todas as ocasiões.

Entrou animada por um entusiasmo surpreendente, considerando que ia se enterrar entre ensaios históricos. Sofia amava ler, mas romances, livros de aventura, literatura fantástica. Não tijolos históricos. De todo modo, apresentou sua lista para uma bibliotecária magra e carrancuda, que achou alguns volumes para ela. Diante da pilha de livros, Sofia sentiu o entusiasmo murchar: demoraria uma vida. Parecia um pouco como quando, no orfanato, lhe passavam uma pesquisa como dever. Ela odiava pesquisas. Não conseguia juntar bem as informa-

O êxito da busca

ções que encontrava por milagre e, no fim, depois de horas de trabalho, produzia páginas de caderno que davam nojo de ler: os vários trechos copiados se chocavam uns contra os outros, compondo uma colagem absurda de estilos diferentes. Eram horríveis como o monstro de Frankenstein.

Mas dessa vez foi quase divertido. No início, afogou-se em ensaios históricos bem chatos, perdendo-se no meio das genealogias de príncipes e poderosos da Lombardia que haviam dominado a cidade: Arechi, Sicardo, Zottone. Depois, foi parar na parte dedicada às lendas e, naquele ponto, mergulhou completamente na leitura.

Pelo que parecia, Benevento fora a capital da bruxaria, ou chegara perto disso. A cantilena da velhinha era usada nas reuniões das bruxas na cidade – sob uma misteriosa nogueira – para o sabá, que, pela descrição, ficava entre uma noitada desenfreada em uma discoteca e um rito satânico. Achou também as atas de confissões de bruxas e as horripilantes descrições das torturas que as pobres suspeitas sofriam durante os interrogatórios. Sofia sentiu um arrepio ao ler sobre os instrumentos de tortura e os sofrimentos que eram capazes de infligir. A nogueira voltava em todas as lendas: era a base de todos os ritos. As bruxas se reuniam a sua sombra para as festas, e a árvore, ao que parecia, nunca perdia as folhas.

Sofia leu sobre aqueles rituais e leu as acusações contra as bruxas: matar os recém-nascidos, lançar feitiços nas mulheres, entrelaçar as crinas dos cavalos ou preparar elixires de amor. Não sabia se acreditava nelas ou não. A magia era algo verdadeiro, tangível em sua vida, e até a existência do mal ela já havia experimentado pessoalmente. Os poderes de Nidhoggr eram, no fim das contas, uma forma perversa e terrível de magia. Mas as bruxas... Seriam servas de Nidhoggr? Estaria o culto delas ligado a ele de algum modo? No combate na Mansão Mondragone, pudera ver os restos do que fora uma habitação de homens que haviam adorado o senhor das serpes ao longo de séculos.

Perguntou-se, então, se nogueira era aquela com a qual Lidja sonhara.

"Esta parece uma árvore maléfica, a de Lidja dava vida nova à terra", pensou. Em todo caso, procurou indicações sobre o lugar original da árvore e descobriu que um bispo a mandara derrubar. Mesmo assim, continuou a procurar o lugar onde se encontrava quando ainda existia.

– Senhorita? Ei, senhorita!

Sofia estremeceu e viu-se diante da expressão arrogante da bibliotecária.

– Achei que tivesse dito que às cinco e meia fechamos.

Sofia sobressaltou-se. Olhou pelas janelas e viu que estava escuro. Ficara tão imersa na leitura que não havia se dado conta do quanto estava tarde.

– Me desculpe, o tempo voou.

O êxito da busca

– Não tem problema, mas agora preciso fechar, por isso... – A bibliotecária pegou-a pelo braço, puxando-a com delicadeza, mas decididamente, em direção à porta.

– Pelo menos posso pegar o livro emprestado? – Ainda não havia descoberto a localização da árvore e queria continuar a procurar.

A mulher a examinou como se seu pedido fosse absurdo. Mas, no geral, as bibliotecas emprestam os livros.

– Você sabe que, segundo o regulamento, se você estragá-lo ou perdê-lo deve pagar?

– Eu trato os livros com cuidado e amor, principalmente se não forem meus – rebateu Sofia, ofendida.

A moça encarou-a novamente.

– Imagino que você não tenha um documento para deixar como garantia. Me dê os seus dados.

Sofia teve que pular os dados pessoais, e, quando mencionou o circo, o olhar da bibliotecária ficou ainda mais desconfiado e hostil. De todo modo, conseguiu levar o livro.

Saiu satisfeita: foi uma tarde profícua. Porém, no fim das contas, ainda estava cedo. Olhou a avenida de um lado a outro, no peito a inconfessável esperança de rever o rapaz misterioso. Então, sua ruela de sempre a chamou. Que lugar melhor para continuar a estudar do que o seu amado Hortus Conclusus?

No banquinho de sempre, à luz de um lampião, mergulhou outra vez na história daquelas lendas e dos eventos terríveis. Leu sobre os antigos cultos ligados à nogueira, que provavelmente haviam dado origem às lendas sobre as bruxas; sobre a deusa egípcia Iside, a quem talvez fosse prestado um culto relacionado à bruxaria; sobre os lombardos, os antigos senhores daquela cidade, que costumavam celebrar seu deus pendurando um pedaço de couro em uma árvore e transpassando-a muitas e muitas vezes com uma lança em um tipo de combate. Leu sobre ritos estranhos e milenares, sobre deuses perdidos e histórias fascinantes. E procurou a nogueira. Não encontrou nenhuma indicação precisa sobre sua localização, mas, segundo a lenda, a árvore, apesar de derrubada, havia renascido mais vezes, sempre no mesmo lugar.

Quando Sofia fechou o livro, já anoitecera. Era natural, pois quando havia saído da biblioteca já escurecia. Sentia frio, e o estômago começava a reclamar com veemência. Espantou-se com aquela fome repentina e olhou o relógio. Eram quase nove horas! Três horas e meia seguidas lendo e tomando nota, esquecendo que a esperavam no circo, que talvez àquela hora até a estivessem procurando.

Ficou de pé em um pulo, apertou o livro embaixo do braço e voou em direção ao portão. Fechado. Claro, o horário de funcionamento havia passado, e ninguém se dera conta dela, que estava imersa na leitura. Felizmente não era difícil sair dali. Ser uma Draconiana tinha suas vantagens. Não precisou nem

O êxito da busca

se concentrar: o sinal que tinha na testa, geralmente tão anônimo, tornou-se quente e luminoso, até ficar parecido com uma pedra preciosa de um verde brilhante.

Cada Draconiano tinha um poder específico: o de Lidja era a telecinesia; o de Sofia, a capacidade de evocar vida. O que, no fim das contas, significava conseguir fazer com que nascessem plantas do nada e que outras que já existiam, crescessem e pudessem ser modeladas em qualquer forma. No início, Sofia brincava que era um poder de jardineiro, mas ele tinha salvado a vida dela mais de uma vez, e agora ela aprendera a respeitar as próprias capacidades. Aproximou o indicador da fechadura do portão. Dele saiu um galhinho verde, macio e elástico, que se insinuou nas engrenagens. Foram necessários poucos segundos para que a fechadura destravasse e o portão se abrisse.

Sofia precipitou-se para fora, com medo de que alguém pudesse descobri-la, mas assim que colocou os pés na avenida o tempo pareceu parar. A paisagem perdeu suas cores, os prédios ficaram anônimos, as janelas eram órbitas vazias. A rua do sonho, a rua que se transformava no dorso de Nidhoggr. Era aquela. A revelação fulminou-a. Porque, agora que realidade e visão se sobrepunham, reconhecia aquele lugar. No chão, as escamas eram as pedrinhas da pavimentação, brancas, cinzentas e avermelhadas e, era evidente, *óbvio*, que desenhavam os contornos sinuosos de uma cobra. "Nidhoggr está aqui."

A consciência desse fato gelou suas têmporas, e a visão sumiu. Lá estava, novamente, apenas a avenida, deserta. Sofia olhou ao redor, perdida. E foi assim que o viu. Uma figura diante dela, que se esgueirava depressa em direção à igreja ali perto. Lembrava-se daquela igreja porque tinha o seu nome: Santa Sofia.

Ficou sem fôlego porque, apesar de estar longe, apesar de se mover rapidamente, o reconheceu de imediato. Era o rapaz misterioso.

Viu-o parar em frente ao portão ao lado da igreja e olhar em volta de modo furtivo. Então, algo cintilou, e duas enormes asas transparentes despontaram de suas costas, as nervuras metálicas brilhando sob a luz escassa. O rapaz alçou um breve voo, o suficiente para ultrapassar o portão, e foi engolido pela escuridão que se expandia por lá.

Sofia ficou petrificada. O coração, que até poucos instantes tamborilava em seu peito com violência, pareceu parar.

O menino da noite anterior, o cara em quem pensara continuamente naqueles dois dias, que procurara nos rostos dos passantes, era um Sujeitado.

8
A primeira batalha

Sofia olhou ao redor: não havia ninguém. Percorreu a praça correndo e apoiou as mãos no portão preto que o menino havia acabado de ultrapassar voando. Pensou outra vez em sua figura esguia e nas malditas asas que brotaram de suas costas.

"Não ligue para isso e faça o que deve", disse a si mesma com dureza.

Estendeu novamente o dedo, e de novo brotou dele um galhinho verde que se desenrolou até se insinuar nas engrenagens da fechadura, fazendo-a se soltar docemente. Sofia entrou no claustro. Nunca tinha estado lá. Visitara a igreja uma vez, mas nunca o jardim interno. Diante dela, abriu-se o espetáculo de uma aleia que se estendia em meio a canteiros verdes. Entre arbustos e árvores, ruínas romanas: estátuas acéfalas, baixos-relevos, lápides e inscrições que reluziam com um branco funéreo à luz da lua.

Sofia engoliu. Tinha que ser forte, forte e decidida, como queriam Lidja e o professor. Avançou, tentando manter silêncio, e topou com uma porta de vidro à esquerda, que conduzia a uma construção, certamente o claustro, do qual tinha ouvido falar. A parte de cima fora quebrada, e os cacos jaziam no chão. A porta estava aberta. Sofia apoiou as mãos nela e entrou. Era um lugar pequeno, com um balcão de um lado e várias placas: a bilheteria, sem dúvida. A luz vazava de uma segunda porta de vidro, também quebrada. Prosseguiu com cautela. Ele devia estar ali, com a intenção de fazer sabe-se lá o quê, e não podia ouvi-la. Ela não queria perder a vantagem da surpresa. Em um instante, lembrou sua primeira batalha contra um Sujeitado, nas margens do rio Albano. Fora então que descobrira os próprios poderes. Lembrou-se do olhar apagado do menino, seus olhos vermelhos e sua expressão impassível, os enxertos metálicos em suas costas. Era assim que Nidhoggr tornava os homens escravos, através daquela espécie de exoesqueleto de metal que tirava deles todas as vontades e os reduziam a uma máquina em suas mãos.

"Ele não é assim, não tinha aqueles olhos na outra noite. Será que há algo diferente?" O medo apertou suas vísceras, mas o enxotou. Passou pela segunda porta, e o ar frio daquela noite de inverno a acertou em cheio. Estava no claustro. No chão, ladrilhos de tijolo, e ao redor um pórtico sustentado por finas colunas. Uma estava retorcida sobre si mesma, outra tinha um nó no meio.

A primeira batalha

Sofia avançou lentamente, rente à parede. Não parecia haver ninguém lá. Deu uma volta, devagar, cautelosa. Além da colunata, viu um jardim com um poço no meio. Ninguém ainda. Onde o menino tinha ido parar? Ao longo da parede, havia várias portas, mas todas estavam fechadas e intactas. Não podia ter passado por lá. E agora?

Caminhou rente à colunata. Era um lugar estranho, do qual sentia emanar uma energia especial. Não sabia como explicar, porém sentia que aquele lugar não era completamente desconhecido. Mas nunca estivera lá.

Percorreu com cautela o pórtico, aguçando a vista no escuro. Mas os capitéis das colunas a distraíam. Todos mostravam frisos e imagens diferentes, e sobre cada um dos quatro lados havia uma incisão diversa. Enfeites florais, representações de caça ou de guerra. Porém, embora diferentes, muitos pareciam tratar de cenas de batalha.

Foi como se um flash iluminasse a cena de repente. O pórtico se transfigurou, as colunas e o restante do edifício pareciam ter sido engolidos pelo chão, e tudo apareceu como devia ter sido séculos, milênios antes. A terra tremia, percorrida por frêmitos surdos, e o ar estava cheio de rugidos e gritos estridentes. Sofia os viu. Enormes, contorciam-se no ar e rolavam no chão, entre chamas e sangue: as serpes escuras, os focinhos afiados e os corpos esqueléticos, os dragões coloridos. O ar impregnara-se com o cheiro acre de carne queimada, o céu estava escuro da fumaça dos incêndios. Aquelas não eram lembranças dela. Eram de Thuban, que vira escorrer todo aquele sangue, que naquele embate era perito.

De repente, a cena sumiu. Novamente, diante de si, Sofia viu o espetáculo do claustro deserto. Estava explicado porque lhe parecera familiar: naquele lugar, serpes e dragões haviam lutado. Era evidente que o eco daquela luta extraordinária não se aplacara com os séculos; e os construtores do claustro haviam mantido, inconscientemente, a memória do que havia acontecido. Embora não lembrassem, as mãos deles tinham invocado novamente aquela antiga e terrível guerra nos baixos-relevos dos capitéis.

Sofia prosseguiu em direção ao poço no centro do claustro. Era um capitel romano enorme, dominado por uma estrutura de metal. Apoiou as mãos no mármore gelado e projetou-se. Do fundo, chegou a reverberação de uma luz desbotada. Uma pontada de medo apertou as vísceras de Sofia. O menino devia estar ali. Apertou as pontas dos dedos na pedra até ficarem brancas. "Seja forte, Sofia", disse a si mesma mais uma vez. Então, fechou os olhos e levantou-se, sentando-se na borda do poço. Bastou um leve empurrão com as mãos. Uma sensação de vazio retorceu seu estômago, e o terror da queda a dominou por longuíssimos instantes. Ao seu redor, apenas pedra lisa, que a circundava e passava depressa diante de seus olhos. Por um momento

A primeira batalha

acreditou que, no fundo, esperavam-na somente a dura rocha e uma morte terrível.

"Seja forte, Sofia."

O espaço se alargou de repente, e Sofia sentiu o sinal pulsar na testa, quentíssimo. De suas costas brotaram enormes asas verdes membranosas, asas de dragão. A queda ficou mais lenta naquele instante, e ela se viu voando em um vasto local subterrâneo. A abóbada era cilíndrica, de tijolinhos, muito alta, com quatro amplos gomos. O espaço, hexagonal, era dividido em duas zonas por uma fileira de colunas branquíssimas, que sustentavam capitéis modelados em forma de dragão. As imagens de Dracônia se sobrepuseram àquele panorama: o mármore dos prédios, as agulhas, as estátuas e as fontes.

"Este lugar pertence aos dragões", pensou.

Aterrissou com delicadeza sobre o piso de mármore e agachou-se. Permaneceu um instante em silêncio. Ouviu um barulho ao longe, como se alguém estivesse vasculhando algo. Levantou-se, uma das mãos já começando a ficar luminosa. Avançou, cautelosa. Aquele lugar era uma espécie de templo em ruínas. Tinha o aspecto daquelas igrejas antigas que vira nos livros de História algumas vezes. Nas paredes, afrescos desbotados. Mas em vez de santos e madonas retratavam uma árvore magnífica, enorme, cheia de folhas de um verde que, originalmente, devia ter sido brilhantíssimo. Entre as folhas, escondidos, esplêndidos frutos. Pelo tronco enroscavamse cinco dragões de cores diferentes. Sofia reconheceu Thuban, o verde, e Rastaban, o vermelho. Havia outros três, mas não conseguia identificá-los. As lembranças de Thuban não afloravam sempre com clareza em sua mente. Na parede oposta, viu o desenho de uma árvore menor, mas não menos maravilhosa. Tinha o tronco bem baixo e uma copa muito ampla; entre as folhas, frutos arredondados de uma cor verde mais clara. Em volta, um grupo de mulheres vestidas de branco dançava, parecendo adorar a árvore. Uma delas usava uma roupa apertada por uma fita dourada sobre o peito. Era mais alta do que as outras e parecia mais importante.

Sofia voltou a si. A luz que vira provinha de um nicho em uma parede. Havia seis nichos, parecidos com altares, e ao lado deles o viu, ajoelhado. As asas não estavam mais nas costas, mas a camisa se rasgara no ponto onde antes haviam estado. Perto do pescoço, conseguiu entrever o aparato dos Sujeitados: uma espécie de pequena aranha metálica, agarrada tenazmente à nuca.

Sentiu uma nostalgia tremenda e uma ternura intolerável ao olhar aquelas costas magras e todo o corpo daquele rapaz em quem tinha pensado por dias inteiros. Demorou-se nos ombros finos, no modo como os cachos caíam no pescoço, logo acima da aranha, e sentiu-se dilacerada. "Vou salvá-lo. Salvei o menino que veio me atacar em Albano, vou salvar este também."

A primeira batalha

Não ficou só pensando. Estendeu a mão para a frente, e dela saíram longos cipós lenhosos. Ele teve apenas tempo de se virar antes de ser totalmente enredado.

– Fique parado – disse Sofia, com a voz trêmula. – Fique parado e tudo vai acabar logo.

Os olhos negros do rapaz estavam incrédulos, mas ficaram assim somente por um instante. Então, encheram-se de escárnio.

– A garota do circo.

"Ele se lembra de mim", Sofia alegrou-se, como uma idiota. Nem teve tempo de se repreender por esse pensamento bobo, porque seu olhar foi atraído por algo: entre os olhos do menino havia um sinal de cor pálida, muito parecido com o dela.

Contemplou-o, quase hipnotizada.

– Quem diabos é você? – perguntou ele.

Sofia sacudiu-se. Como era possível que ele falasse? O único Sujeitado com quem havia entrado em contato não tinha nenhuma consciência, era uma mera máquina nas mãos de Nidhoggr. E seus olhos, além do mais, não eram vermelhos, eram do mesmo negro profundo de que se lembrava, cheios de vida. E então?

O rapaz sorriu.

– Não tem importância. Porque você não vai me deter.

O sinal em sua testa se acendeu, brilhou com uma luz dourada imbuída de reflexos escuros, e as amarras que Sofia impusera a ele explodiram. Enormes asas douradas brotaram de suas costas, asas rodeadas por nervuras metálicas. Uma espécie de armadura líquida despontou do nada, envolvendo seu peito e coagulando em volta dos braços como duas pesadas pulseiras. O ataque foi inesperado, e Sofia não conseguiu se esquivar. Uma lâmina veio em sua direção, prendendo-a na parede pelo ombro. Foi tão rápido que quase não sentiu dor. Apenas espanto, infinito.

"Combata, combata e não pense em mais nada." O instinto levou a melhor, ou talvez tenha sido o poder de Thuban a salvá-la. De suas costas explodiram novamente asas verdes, grandes e consistentes, e com a força delas Sofia se soltou. A lâmina saiu da carne, e só então a dor chegou. Berrou.

"Tenho que segurar firme." Levantou-se voando, mas outra lâmina veio em seu encontro. Sofia interceptou-a com uma rede de cipós que fez nascer do chão e que se cerraram em volta da arma, despedaçando-a.

– Você é mais obstinada do que eu pensei – disse o rapaz a contragosto. Uma nova cintilação em sua testa, e a rede pegou fogo imediatamente.

Sofia teve tempo apenas de escapar das chamas, escondendo-se em um canto. "Preciso de uma arma." Abriu a mão e, da palma, brotaram dois ramos coriáceos firmemente enrolados um no outro e que terminavam em uma ponta afiada. Agarrou aquela lança rudimentar e jogou-se contra o adversário.

Ele respondeu depressa, desembainhando uma de suas lâminas. A lança e a lâmina se cruzaram, las-

A primeira batalha

cas de madeira se soltavam da arma de Sofia a cada impacto, mas ela insistiu, atacando, defendendo-se, tentando limitar os ataques violentos do rapaz. "É uma fúria", pensou, enquanto se apresentava em uma ofensiva. Conseguiu vencer a sua guarda e cravar a ponta de madeira em uma das pernas dele. O rapaz gritou, e Sofia sofreu por ele, vendo-o sangrar. Porque, apesar de tudo, ainda gostava dele, gostava dele loucamente, mais do que queria admitir e mais do que podia suportar. Teve que reunir forças para arrancar a lâmina e se afastar.

– Quem é você? Eu posso salvá-lo – disse, com desespero. – Eu sei o jeito de liberar você desse troço que o tornou escravo!

Ele olhou-a, incrédulo, depois explodiu em uma risada.

– Eu não sou escravo de ninguém. Na verdade, desde que tenho esse poder, sou livre. Livre de você e da sua mediocridade, livre para deixar que meus poderes se exprimam em toda sua força.

A lâmina veio novamente, mas ela conseguiu detê-la. Línguas de chamas envolveram o metal e acabaram alcançando a lança da garota, que pegou fogo depressa. Sofia teve que soltá-la antes de se queimar.

– Eu sou mais forte do que você – sussurrou o rapaz. – E o que você chama de escravidão eu procurei e quis.

O espaço inteiro se incendiou, as chamas subiram pelas paredes, e o templo ficou em brasa. No ar espesso e irrespirável, Sofia viu o rapaz se afastar com uma risada. Aturdida, caiu no chão, tossindo.

Pensou, desesperada, que morreria queimada se não tentasse escapar. Mas se sentia acabada, e cada fibra do corpo lhe dava punhaladas de dor.

– Não vou conseguir... – murmurou. – Não vou conseguir! – Um novo acesso de tosse cortou sua voz na garganta. O sinal em sua testa pulsou, como se Thuban tentasse lhe dar força, estimulá-la a não se render.

Rastejou no chão devagar. O calor, insuportável àquela altura, a dilacerava. O solo estava fervendo, mas mesmo assim ela se agarrava às fendas da pavimentação, ganhando um centímetro após o outro, até a salvação. Uma lufada de vento e fumaça subindo. O poço. Sofia não conseguia mais manter os olhos abertos. Entreviu, confusa, uma abertura redonda sobre si. Tentou abrir as asas, bateu-as no ar ardente, mas não se levantou nem um palmo.

"Thuban está comigo", disse a si mesma. "Não estou sozinha e preciso, preciso me salvar." Gritou e bateu as asas com mais força. Levantou voo e conseguiu se insinuar na estreita passagem do poço. Escorou mãos e pés, os músculos urravam de dor. Estendeu uma das mãos para o alto. Encontrou força somente para lançar, a partir da palma, um cipó em direção à abertura. A extremidade se ancorou na estrutura metálica. Depois se enrolou, puxando-a.

A primeira batalha

Sofia se agarrou com dificuldade às bordas do poço, içou-se com o último vestígio de energia que lhe sobrara e jogou-se no chão. Não tinha mais fôlego e sentia dor em todo o corpo. Ouviu um estrondo abaixo de si, terrível, e a terra tremeu. A fumaça, que pouco antes saía abundante do poço, desapareceu de repente. O santuário devia ter explodido, e àquela altura estava perdido para sempre.

Respirou o ar fresco da noite e lhe pareceu que não havia o suficiente para encher seus pulmões secos. Aos poucos, recuperava a sensibilidade corporal e percebia, dolorosamente, as queimaduras nas palmas das mãos, os arranhões nos joelhos e a ferida no ombro, uma dor que lhe tirava o fôlego. Porém, a dor da alma a debilitava mais do que as feridas físicas e a deixava mal. O menino de quem ela gostava era um inimigo. E de alguma forma era parecido com ela, porque tinham o mesmo sinal. As imagens do combate se sobrepunham às do seu rosto de anjo.

Sofia colocou-se de pé novamente com dificuldade, mancando e segurando o ombro. Tinha que sair. Se a encontrassem ali, estaria encrencada. Percorreu de volta o caminho pelo qual seguira nem uma hora antes, cada vez mais fraca, cada vez mais confusa. E, enquanto as percepções sumiam aos poucos, sobrava apenas a terrível consciência de ter se imaginado com um inimigo, de ter se apaixonado por um ser terrível. Com suas últimas forças, abriu o portão e o atravessou. Então, caiu sobre o calçamento e permaneceu ali, desejando sumir.

9
Fabio

Fabio tentou sobrevoar a cidade o mais rápido possível. Sua perna doía muito. Sentia a calça encharcada de sangue sob a mão que apertava a ferida.

"Quem era aquela garota maldita?", perguntou-se, com raiva. "Quem *é*?"

Desde que conquistara o poder, nunca havia sido ferido. Em seu caminho encontrara apenas adversários muito mais fracos do que ele, e tinha sido um prazer derrubá-los e humilhá-los. Mas a menina do circo era outra coisa. Tinha asas como as suas e era capaz de comandar as plantas.

"É como eu." E essa consciência o aterrorizou. Porque sua vida, até aquele momento, baseara-se somente em uma certeza: era único e sozinho, não existiam outros como ele e nunca existiriam. Quando era pequeno, ser diferente o fizera sofrer, mas, ao crescer, começara a se sentir orgulhoso disso. Porque a solidão dele era a solidão dos fortes, de quem é superior aos outros e nasceu para esmagá-los.

Mas ela... Ela tinha o *sinal*.

"Um sinal como o meu."

O sinal amarelo em sua testa, entre as sobrancelhas, o sinal que se iluminava cada vez que evocava o fogo. O dela era verde, a única diferença.

Desceu às margens da cidade, na casa abandonada que havia tempos era o seu lar, mas caiu no último trecho, porque as asas se desfizeram a dois metros do chão. Estava mal, terrivelmente mal. Mancou até o interior. Paredes nuas e escurecidas por sujeira e fumaça o acolheram. Havia uma lareira, de um lado, e uma mesa meio podre no meio do cômodo. Encostada à parede, uma pequena cama dobrável com um colchão e um cobertor. Fabio deixou-se cair em cima dela. Evocou, com o seu poder, uma pulseira metálica que se materializou em seu antebraço direito. Dela despontou uma lâmina afiada e chata, lambida pelas chamas. Esperou até o metal ficar vermelho por causa do calor e, então, apagou as chamas e prendeu a respiração. O que estava prestes a fazer não seria agradável, mas era necessário.

Apoiou a lâmina sobre o machucado e berrou, berrou na noite, resistindo à tentação de arrancá-la. Fez isso somente quando a ferida foi cauterizada. Então, a lâmina sumiu, e ele se largou na cama, tremendo de dor. E a raiva voltou a invadi-lo. A mesma raiva que o acompanhara por uma vida inteira, a única coisa que lhe restara quando até sua mãe o abandonara.

Protegido pela escuridão, chorou pela primeira vez em muito tempo.

Sua mãe tinha lhe contado que, quando estava grávida dele, sonhava. Acordava no coração da noite, amedrontada, enquanto o marido, ao seu lado, continuava a dormir. Levantava-se e se enrolava no casaco pesado que deixava sempre aos pés da cama. Porque ela vinha da Itália, vinha do calor e do sol e tinha abandonado tudo por amor. Olhava pela janela o panorama escuro de um país que não conhecia, aquela Hungria que se tornara a sua casa, e tentava pensar apenas em quanto amava aquele homem deitado na cama e o filho que estava para dar a ele.

O sonho era sempre o mesmo, terrível. Dragões. E serpes. Agarrados em uma luta cruel, tentavam se abocanhar mutuamente e acabavam se devorando. Eram sonhos tão reais, tão palpáveis, que ela parecia sentir o cheiro do sangue. Para expulsar o medo, acariciava o ventre onde Fabio esperava para vir à luz. Ele levaria embora todos os seus temores: o medo daquele país estrangeiro, daquele lugar que não conhecia. Até mesmo aqueles sonhos terríveis.

Ele mudaria tudo.

Mas, em vez disso, seu nascimento não dissipou as dúvidas, mas as aumentou, e os medos se multiplicaram. Porque aconteciam coisas estranhas ao

Fabio

redor dele, porque ele mesmo era estranho. Fazia coisas que as outras crianças não conseguiam fazer. Era muito forte; quando se cortava ou se machucava, se curava logo. E um dia descobriu que podia evocar o fogo. Uma chama se acendeu em sua mão sem queimá-lo. Dançava no ar sob seu comando, e Fabio ficou olhando-a, fascinado e amedrontado, ao mesmo tempo. Quando tocou a mesa da sala de jantar, ela se transformou em cinzas em poucos segundos. O menino contemplou a cena por alguns instantes e, ao levantar os olhos, viu seu pai fitá-lo com ódio. O pai bateu nele até ficar sem fôlego e o trancou no quarto. De trás da porta, Fabio ouviu seus pais brigando.

– Não quero mais saber dele! – gritou o pai.

– É nosso filho! – replicou a mãe.

– É um demônio. Só um demônio é capaz de coisas assim. Se você ainda tivesse um pouco de juízo nessa sua cabeça faria como eu e o abandonaria. É perverso!

Fabio tremeu. Havia algo de terrível naquelas palavras. Não compreendia por completo o significado delas, mas desenterravam nele abismos de medo.

– É o meu filho! – gritou a mãe.

– Então cuide dele sozinha. – Seu pai saiu de casa e nunca voltou.

Ficaram sozinhos. Fabio e a mãe. E não fora uma vida fácil. Havia pouco trabalho, e aquele pouco era degradante, exaustivo. Assim, voltaram para o sol da Itália, onde as pessoas eram mais ricas; e o trabalho, abundante. Ou pelo menos assim diziam todos.

Porém, depararam-se apenas com rejeições e olhares desconfiados. A única coisa que faziam era bater de porta em porta e exibir seus melhores sorrisos. Mas as pessoas os olhavam com suspeita.

– Eu sei fazer de tudo! Qualquer coisa! – gritava sua mãe, diante das portas que eram fechadas em sua cara.

A raiva de Fabio começou ali. Surda e terrível, pesava em seu coração a cada rejeição, cada vez que olhava a mãe e a achava ainda mais triste e pálida.

Porém, não podia se distrair, porque quando ficava com raiva perdia o controle. As chamas apareciam inesperadamente.

– Você não deve fazer mais isso – dizia sua mãe. Ele chorava.

– Não sei como acontece! Elas aparecem sozinhas!

– Se as pessoas vissem as coisas que você faz quando estamos sozinhos... Isso pode lhe fazer mal, entende? – alertou ela uma vez, abraçando-o.

– Talvez eu seja... perverso – replicou o menino.

Sua mãe o apertou com força contra o peito.

– Nunca mais diga nem mesmo pense isso. Você é um menino especial, o mais especial de todos. Um dia as coisas mudarão, você vai ver. Teremos uma bela casa e seremos felizes.

Fabio quase acreditou nisso. Mas depois veio a tosse, insistente, que tirava a respiração dela. E a

Fabio

febre, que não queria mais ir embora. A última lembrança que tinha de sua mãe era ela deitada em uma cama de hospital com médicos que balançavam a cabeça e levantavam os ombros. Ele tinha oito anos.

Desde então, as peregrinações começaram. Todos iguais, os orfanatos. As mesmas paredes manchadas de umidade, os mesmos pisos quebrados. E idênticos eram também os olhares de quem trabalhava neles. Olhos que julgavam, olhos desdenhosos.

Fabio os odiava. Todos. Em quatro anos, rodou uma dezena de institutos. Em nenhum parou por mais de seis meses. Porque ele não era como os outros. Porque não tinha medo de nada. Porque, quando sua mãe morreu, acabou. Porque se seu destino era ficar sozinho – por causa da sua diferença, por causa de seus poderes – então era melhor erguer-se vitorioso sobre os outros do que ficar chorando em um canto.

Era sempre o primeiro a bater, roubava se fosse necessário, mentia se precisasse. Quando as chamas apareciam, exultava com o poder que fluía delas. Límpido e puro, absoluto. Curtia o terror que o fogo incutia em suas vítimas. Era o terror daquilo que não se conhece e não se entende.

"Eu sou superior a eles, sou melhor do que eles", dizia a si mesmo e sentia-se bem.

Não queria nem pensar em ser adotado. Ele havia tido uma família e, agora que tinham desaparecido, não queria uma nova. Trairia sua mãe se permitisse que outros braços o abraçassem, que outras mãos cuidassem dele.

Então, um dia, Ratatoskr apareceu no salão do orfanato. Parecia um sujeito normal, bem-vestido. No início, Fabio achou que estava sonhando, até porque nenhum dos outros meninos que dormiam ao seu lado acordou.

– Quem é você? – perguntou, desconfiado.

– Seu salvador – respondeu ele, com um sorriso. Apertou sua mão, e Fabio sentiu aquele gelo que não esqueceria. – Não aqui – acrescentou, olhando em volta. – Siga-me.

– Se eu sair, vão me punir – replicou Fabio, relutante.

– O tempo de ter medo acabou – afirmou o sujeito, com um tom seguro. – Siga-me, e eu explico. – E foi em frente, sem acrescentar mais nada.

Fabio permaneceu imóvel um instante. Então, sem saber bem por quê, seguiu-o pelos corredores do instituto, onde quase inacreditavelmente não havia vigias e ninguém o parou. Quando empurrou o pesado portão, ele se abriu de imediato. Ficaram no pequeno pátio iluminado pela lua.

Ratatoskr sabia tudo sobre ele. Sabia sobre o fogo e sobre seus poderes, sobre sua vida até aquele momento.

– Como você sabe todas essas coisas?

– Por que você é uma pessoa especial, e meu Senhor procura pessoas como você.

Fabio

E lhe fez a proposta.

— Você não deverá mais ter medo, porque eu vou lhe ensinar a dominar seus poderes. Eu também, no início, tinha dificuldade de me controlar, e todos me consideravam um monstro. Mas então ele me encontrou e me ensinou. Pense nisto: fazer com que quem o humilhou no passado pague, puni-los por tudo o que fizeram a você e à sua mãe. Você será o mais forte. Todos vão temê-lo, e você poderá esmagá-los como e quando quiser.

Fabio estava fascinado. Queria acreditar, de verdade, mas parecia bom demais. E sabia bem que ninguém dá nada sem exigir algo em troca. Sorriu, desdenhoso.

— Isso tudo é bobagem. Essas coisas existem nas histórias em quadrinhos, não na vida real.

— Na vida real não existe ninguém que consiga gerar fogo das mãos, mas você é capaz.

Fabio ficou em silêncio. Isso também era verdade.

— E o que você faria para me tornar mais forte do que eu já sou?

Ratatoskr abriu uma das mãos e lhe mostrou uma espécie de pequena aranha metálica. Explicou que aquilo controlaria os poderes dele e os multiplicaria, os aumentaria.

Fabio arreganhou os dentes.

— Não acredito. Isso é uma piada.

O rosto do sujeito iluminou-se em um sorriso feroz. Bastou um instante. Sua mão foi envolvida por serpeantes chamas negras que, porém, não consumiam a carne. Fechou os dedos por um momento e depois os soltou. Deles partiu um raio escuro que incinerou, no mesmo instante, um arbusto próximo. Fabio se agachou, encostado à parede. Então aquele homem também tinha estranhos poderes. Mas, ao contrário dele, sabia controlá-los. Seria possível?

Ratatoskr lançou-lhe um sorriso desafiador.

– Ainda acha que estou brincando?

O menino estava sem palavras. Fitava o rosto daquele jovem incrédulo. Quem diabos era ele? Então, o brilho da aranha metálica o atraiu como um imã. "Aprender a controlar o fogo... Fazer com que quem me rejeitou, quem me ofendeu, quem me bateu pague..."

A aranhazinha estava lá, convidativa, e o chamava.

– Sou um de vocês – disse.

Ratatoskr colocou a aranha metálica em seu pescoço: Fabio sentiu uma dor aguda, mas durou pouco.

– Agora você é forte – disse o homem. Então, levantou-se a um metro do chão, flutuando no ar, sem peso. Estendeu-lhe a mão e sorriu com cumplicidade. Fabio fechou os olhos e agarrou-a, notando de imediato uma mutação no próprio corpo. Asas membranosas imensas, reforçadas por nervuras metálicas, brotaram de suas costas, e ele, instintivamente, mexeu-as no ar, experimentando uma extraordinária sensação de poder e liberdade.

Fabio

Sobrevoaram a cidade para longe do instituto. Fabio deixou para trás uma vida de sofrimentos e humilhações. Era hora de retomar tudo o que tinham lhe tirado.

10
Meias verdades

Uma batalha. Inicialmente com contornos indistintos, confusa. Dois corpos imensos, um preto e um verde. Depois, a visão clareou: eram dois répteis. Fabio arrepiou-se. Um dos dois era Nidhoggr.

– O que você veio fazer aqui? – rugiu. Fabio percebeu que o compreendia, embora falasse uma língua que sabia nunca ter escutado antes.

– Ele não pertence a você! – respondeu o dragão verde, os olhos iluminados por uma dor viva.

Nidhoggr riu, implacável. Suas presas afundaram na carne do dragão, e delas escorreu um sangue vermelho e quente.

– Ele nunca será um dos seus – gritou o dragão, soltando-se com um potente golpe da cauda. Então, virou-se para Fabio, fitando-o intensamente.

Fabio sentiu-se capturado por aqueles imensos olhos da cor do céu. A segurança que o acompanhara até aquele *momento vacilou, e a lembrança de uma cidade branca, imensa e lindíssima, preencheu sua mente.*

– Venha comigo – disse o dragão. Fabio esticou devagar a mão para agarrar a pata que lhe era estendida, mas sua mão havia... mudado. Tinha apenas três dedos e estavam armados com potentes garras. Berrou, aterrorizado.

Acordou sobressaltado, suado, com a garganta doendo de tanto gritar. Olhou à sua volta, confuso, até reconhecer as paredes nuas e manchadas de umidade. As imagens do sonho ainda estavam em sua mente. A grande cobra preta era certamente Nidhoggr, mas quem era o dragão verde? E por que ele próprio havia se transformado? Quando evocava suas asas, elas se pareciam muito com as de um dragão, mas sempre pensara que provinham da aranha metálica em seu pescoço. Poderiam ser suas de algum modo? E se a aranha houvesse apenas libertado um poder obscuro dentro dele, algo que já lhe pertencia? Talvez as asas fossem somente o primeiro passo da sua transformação, e depois o resto do corpo também ficaria como o de Nidhoggr...

Fabio sacudiu a cabeça para expulsar aquele pensamento horrível. Não se transformaria em nada. Ele era um ser humano e assim permaneceria.

Examinou a perna. A ferida que a menina tinha infligido nele (a propósito, como se chamava? Aquela espécie de leão de chácara do circo a chamara Sofia...) doía um pouco ainda, mas estava quase completamente curada. A bolha da queimadura já fora absorvida, e o corte havia virado uma linha fina. Era normal para ele. Desde criança, sempre tinha se curado muito mais depressa do que os meninos da mesma idade, embora tivesse aprendido a esconder isso. Usava curativos e bandagens até quando não era mais preciso, para evitar que os outros, principalmente seu pai, suspeitassem. Mas não precisava mais fazer isso.

Virou-se na cama, reparando que algo frio e duro pinicava seu quadril. A ampola. O motivo da sua incursão noturna no claustro. Pegou-a e observou-a à luz de um sol poente. Pequena o suficiente para ser comodamente escondida na palma da mão, era feita de um finíssimo vidro trabalhado. Lá dentro mexia-se um líquido preto, denso e viscoso. Ao longo do contorno, enrolava-se a imagem de um dragão. Fabio olhou-o por um longo tempo. Um dragão, como no sonho. De repente lembrou que a menina também tinha asas de dragão. Como as suas. Era a única ou havia outros? E por que Nidhoggr nunca dissera nada?

Percebeu que sabia pouquíssimo sobre a serpente. As explicações de seu servo Ratatoksk tinham sido muito vagas.

– O meu Senhor, *nosso* a partir de agora, ainda não pode se manifestar no mundo. Por isso, precisa de pessoas como nós – dissera logo depois de lhe dar a aranha metálica. – Para cuidar dos interesses dele na Terra.

Meias verdades

– E quais seriam esses interesses?
– Só posso dizer que, antigamente, o planeta inteiro pertencia ao nosso Senhor, embora hoje ele não possa voltar, não em carne e osso.
– Por quê?
– Porque o nosso Senhor é uma serpe, aliás, é *a* serpe, a primeira, a última, a mais poderosa. Imperava na Terra há séculos quando um inimigo, um dragão, veio e o destronou. Desde então procura reconquistar o trono perdido.

Dragões, serpes. Fabio tinha achado aquela explicação uma loucura, mas agora, depois do sonho, começava a acreditar que era verdade. Uma verdade monstruosa.

Levantou-se e foi se sentar à mesa da cozinha, a ampola preta em sua frente. Contemplou-a por mais um instante e então se decidiu: fechou os olhos e evocou as asas.

No estreito, naquela noite, estava ainda mais frio que de costume, mas Fabio teve a esperteza de levar um sobretudo, roubado em uma loja pelo caminho. Nunca tinha dinheiro, mas, pelo menos, com seus poderes não era difícil arranjar o que lhe servia.

Ratatoskr chegou um pouco depois e estava um tanto impaciente.

– Onde está a ampola? – perguntou logo.

Fabio sorriu.

– Calma. Afinal, ela não é destinada a você, certo? Quem a quer é o seu Senhor, como você gosta de chamá-lo.

– Também é seu Senhor.

– Eu me limito a trabalhar para ele. Não o sirvo.

Ratatoskr olhou-o com ódio. Apontou o dedo para ele.

– Se você mentiu...

– Você realmente acha que eu sou um idiota? – Fabio balançou a ampola diante dos olhos dele. – Aqui está ela. E me custou certo esforço, além de um belo machucado na perna. Mas isso eu vou contar ao *seu* Senhor.

Quando recitaram a fórmula ritual, a escuridão invadiu todas as coisas, apagando até mesmo os barulhos, e nas trevas se desenhou a imagem terrível de Nidhoggr.

– E então? – rugiu.

– Eu a encontrei – respondeu Fabio. – A ampola que vocês procuravam. Estava exatamente onde eu tinha dito.

A serpe iluminou-se de maldade e alegria.

– Você esteve à altura das minhas expectativas. Mostre-me a ampola.

Fabio abriu a palma da mão.

O olhar de Nidhoggr ficou sonhador.

– Quanto tempo... Terríveis lembranças se acendem na minha mente. Dor, sangue e derrota. Mas apa-

Meias verdades

garei todas elas porque, justamente, graças à ampola, o momento do meu retorno está mais próximo.

A ideia de Nidhoggr em carne e osso fez Fabio estremecer. Por um momento, somente um momento, pensou em ficar com a ampola e ir embora voando. Mas não podia fazer isso. A vingança daquele monstro seria cruel. Além do mais, era o único aliado que tinha naquele mundo.

– Alguém me seguiu quando fui pegá-la – disse.

O sorriso de Nidhoggr se apagou.

– Quem?

– Uma menina chamada Sofia. Tinha um sinal como o meu, mas era verde, e ela também tinha asas de dragão.

O ar em volta deles vibrou, e tanto Fabio quanto Ratatoskr se sentiram atravessados pela terrível ira de Nidhoggr.

– Meu Senhor, eu verifiquei! Sempre tento perceber os Adormecidos... – tentou dizer Ratatoskr, mas uma descarga de dor fez sua frase morrer na garganta. Gritou e caiu no chão. Ao seu lado, Fabio começou a tremer.

– Estão aqui, e você não os sentiu. Estão aqui, no rastro do que nós também estamos procurando, estão ativos, andam pela cidade, e você não os sentiu! – berrou a serpe.

Fabio tomou coragem.

– Quem? – perguntou. – Quem era aquela menina?

Nidhoggr se calou e o fitou. Fabio esperou a dor. Tinha sido imprudente, fizera uma pergunta que não se podia permitir, mas *tinha que* saber.

– É o inimigo, o primeiro e o mais poderoso – respondeu Nidhoggr, surpreendentemente. – Ele é Thuban.

– É uma menina... – replicou Fabio.

– Mas dentro dela vive o espírito de um dragão.

– Um dragão verde... Vocês lutaram um contra o outro, não foi?

Um leve tremor pareceu sacudir o ar, como se Nidhoggr estivesse incerto.

– O que você sabe dessa história, menino?

– Eu o conheço – murmurou. – Sonhei com ele.

Nidhoggr hesitou novamente.

– Talvez sim, talvez tenha sonhado com ele – disse. – No fundo, vocês se conheciam, milênios atrás.

– Milênios atrás? Mas como é possível?

– Foi uma grande batalha. Serpes contra dragões, pela conquista desse mundo. Foi durante aquela guerra, em uma daquelas batalhas, que o conteúdo da ampola que você tem nas mãos foi colhido. Sabe o que contém?

– Não.

– É o meu sangue, o sangue que desceu das minhas feridas quando Thuban, o mais poderoso dos dragões, lutou contra mim. Mas eu o fiz pagar caro pela sua arrogância e o matei, como matei todos os seus semelhantes, um por um.

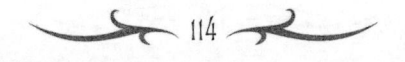

– E então como...

– É a magia dos dragões. Thuban reencarnou no corpo de um ser humano, depois de outro e mais outro. Por séculos. Por milênios. Nunca se revelou, mas, quando o espírito dele encontrou aquela menina com quem você combateu, ele acordou. E deu a ela seus poderes.

O coração de Fabio parou por um segundo.

– E eu? Quem sou eu?

– Você é como ela.

– Existe um dragão em mim?

– Sim, você também é um Adormecido. Mas, ao contrário de Thuban, você escolheu servir a mim e lutou contra seus semelhantes. Você foi um dos meus combatentes mais valiosos, talvez o melhor.

Fabio sentia a cabeça rodar.

– E então os meus poderes...

– Sim, são os de um dragão. Cada gesto, cada pequeno episódio da sua vida insignificante teve o objetivo de conduzi-lo até mim, de revelar-lhe o seu destino.

Havia algo de terrível naquela explicação, algo que deixava Fabio petrificado. Tudo o levava àquele momento, àquele lugar. Até mesmo a morte de sua mãe e o abandono de seu pai.

"É o que você sempre quis, não é?", disse a si mesmo. "Uma resposta, uma explicação para os seus poderes e para a sua alma negra. Então, por que agora você não gosta da verdade?"

Pensou no sonho, na pata dourada. Era uma pata de dragão. A *sua* pata.

– Você deveria estar orgulhoso da sua origem e do percurso que o conduziu até mim – prosseguiu Nidhoggr. – Quando eu voltar, você estará ao meu lado, eu o farei rei e você terá súditos que lhe obedecerão cegamente.

Fabio olhou a serpe outra vez, seus olhos cheios de ódio, e percebeu seu poder ilimitado.

"Serei como ele...", pensou, e sentiu horror.

– Mas, antes, vocês ainda têm muito o que fazer – acrescentou Nidhoggr. – A árvore. Vocês têm que encontrar a árvore.

– Que árvore? – perguntou Fabio, ainda aturdido.

– A nogueira, a árvore ao redor da qual as encarnações dos nossos inimigos se reuniam, a árvore nascida da seiva da Árvore do Mundo. Foi derrubada séculos atrás, mas ainda está aqui, sinto a desgostosa força benéfica dela. Quando vocês a encontrarem, vamos celebrar o rito. Porque a nogueira esconde um poderoso artefato, um artefato que me aproximará da conquista deste mundo. – Nidhoggr dirigiu o olhar para Ratatoskr. – Cabe a você encontrá-la.

Ratatoskr baixou a cabeça em sinal de assentimento.

– Não falharei.

Então, a serpe virou-se para Fabio.

– Você deve encontrar as Adormecidas. Tenho certeza de que Thuban não está sozinho. Com ele certamente também estará Rastaban.

Meias verdades

– É outro dragão?
– Sim. Ele também está encarnado em um pequeno e miserável ser humano.

Fabio lembrou-se da linda acrobata que vira se exibir no circo. Estava junto com a menina desajeitada com quem lutara. Por algum motivo, teve certeza de que se tratava dela.

– E depois de encontrá-las?
– Impeça-as de chegar à árvore antes de nós, mas não as ataque se não for necessário. Siga-as, deixe que se desgastem na busca da nogueira e, no fim, roube o resultado do esforço delas.

Fabio concordou.

– O momento está próximo – trovejou Nidhoggr, começando a desaparecer no escuro. – O momento do meu retorno!

Foi engolido pela sombra. Depois a escuridão também desapareceu, e, ao redor deles, surgiu novamente o panorama desolador do Estreito de Barba. Fabio levou as mãos aos ombros. Sentia frio, como sempre.

– Vamos nos comunicar, como de costume – disse Ratatoskr. – Cuidado para não ser descoberto enquanto as espiona.

– Não me subestime – protestou Fabio.

Ratatoskr tremeu um instante, depois se afastou com seu andar abafado e elegante. Foi enquanto subia os declives do estreito que a voz de seu Senhor ressoou de novo em sua mente.

O menino está desconfiado. Começou a se lembrar.

– Não achei que aconteceria tão cedo – sussurrou de volta.

Era um risco que eu precisava correr. Você deve encontrar a árvore antes que ele se lembre de tudo. E depois sabe o que fazer.

Ratatoskr inclinou-se à escuridão.

– Será um prazer matá-lo para vós, meu Senhor.

11
O terceiro Draconiano

Havia cheiro de casa. O perfume doce das árvores, o cheiro antigo de lenha e folhas molhadas. Ela havia voltado. Não estava mais naquela casa desconhecida, não estava mais no circo, mas em seu quarto, em sua casa no lago de Albano.

Sofia abriu os olhos enquanto, pouco a pouco, a dor retomava seu corpo. Teve a visão de sempre, a que a acolhia todas as manhãs. A madeira dos móveis quadrados, a janelinha perto da cama, o espetáculo do trailer onde dormia com Lidja.

"Ainda estou no circo", percebeu, com tristeza. Então, tentou virar a cabeça e na penumbra do trailer viu algo que não notara inicialmente: havia alguém sentado na cama de Lidja. Estava encostado à parede, os braços cruzados, e havia adormecido. Sobre o nariz, um par de pequenos óculos com aros de ouro. Sofia sentiu-se desmanchar. Era o professor. Por algum milagre tinha voltado, estava ali com ela. Não importava se era verdade ou se era apenas um sonho, como antes. A única coisa que contava era poder vê-lo, sentir a presença dele ao seu lado. Saboreou por um instante a imagem daquela figura amada e sentiu-se menos sozinha.

– Professor... – murmurou.

O professor Schlafen sobressaltou-se.

– Sofia!

Pulou para fora da cama, acendeu a luz e foi para o lado dela. Sofia piscou duas vezes.

– A luz está incomodando? Quer que eu apague?

– Não, não... já, já me acostumo.

Ele apertava a mão dela, e Sofia se concentrou apenas no calor desse aperto.

– Senti saudades suas.

– Eu sei, Sofia, eu sei. E parece que eu errei mais uma vez. Me perdoe.

Ela engoliu.

– Quem errou fui eu. Fiz uma coisa perigosa que não deveria ter feito.

As lembranças do embate com o menino a acometeram com violência e terror. Precisou fechar os olhos por alguns instantes para expulsar aquelas imagens.

– Professor, Nidhoggr está aqui – disse com a voz abafada.

Schlafen levou o dedo aos lábios.

– Não agora. Agora você tem que descansar. Você está machucada e precisa apenas se recompor. Teremos tempo para falar disso depois.

Ele nem precisou repetir. Sofia abandonou-se na maciez do travesseiro, entrefechou os olhos.

– Promete que vai ficar comigo?

– Juro. Ficarei com você a noite toda e não a deixarei mais.

Sofia apertou sua mão novamente. Sufocou as lembranças do que havia acontecido e tentou não pensar no rapaz, no sentimento que tinha por ele e que estava no fundo de seu coração, intacto. Agora só queria ser uma filha e aproveitar a proximidade de seu pai. Ficou ali, a mão do professor na sua, e quase conseguiu se sentir uma menina normal.

Ela precisou de dois dias de repouso absoluto. O professor tinha trazido uma minúscula ampola com ele, onde havia despejado um pouco da resina da Gema.

– Passei em casa antes de vir aqui e achei que pudesse ser útil – disse.

Três vezes por dia, ele pegava um pouco com uma pequena pipeta e diluía uma gota em um copo d'água para Sofia beber.

– Isso deverá ajudar.

Ela começou a melhorar. As queimaduras, os arranhões e os cortes feitos durante o embate e a fuga curaram depressa. Apenas a ferida no ombro ia mais devagar.

– Seus poderes estão crescendo – explicou o professor. – Thuban está cada vez mais forte dentro de você, e isso lhe dá capacidades de regeneração superiores às de um simples ser humano.

– E por que com o ombro não funciona? – perguntou Sofia.

– Porque essa ferida foi causada com as armas do inimigo. Se um Sujeitado ferisse um ser humano da forma como você foi ferida, o mataria.

Sofia ficou sem palavras.

Em sua cabeceira se revezaram, em turnos, quase todos os moradores do campo. O professor inventara uma história para justificar o estado no qual ela voltou. Sofia não tinha ideia do que ele dissera exatamente, mas todos falavam de um agressor misterioso. Ela limitava-se em concordar e em dizer que não se lembrava de nada.

– Claro, o choque, coitadinha... – observou Martina, os olhos úmidos.

Somente Alma parecia saber a verdade. Deu a ela variadas infusões e compressas, apesar dos protestos do professor.

– Ela já está se tratando com métodos muito eficazes – tentou explicar gentilmente.

– O que não quer dizer que não deva confiar um pouco nos velhos remédios também – rebateu ela. – Você confiou sua filha a mim, e enquanto estava comigo ela quase morreu. O mínimo que eu posso fazer é tentar tratá-la.

De vez em quando vinha fazer companhia a ela, mas não conversavam muito. Até porque Sofia se sentia culpada. Ela a traíra de algum jeito. Sair sorrateiramente, sem lhe dizer nada, fora desleal.

O encontro mais difícil, porém, foi com Lidja. A menina entrou no trailer no primeiro dia com uma cara funérea.

– O que deu em você? – atacou ela.

– Nada, vi aquele sujeito entrando de fininho, furtivo, no pátio da igreja e me pareceu óbvio segui-lo.

– Eu disse para você ter cuidado, já tinha alertado sobre aquela velhinha, mas você nem aí, você sempre tem que fazer o que dá na telha.

– Mas o que eu devia ter feito? – protestou Sofia.

– Ter me chamado. Ter se limitado a espionar.

– Bem, a intenção era essa. Mas, desculpe, se você vir um Sujeitado não vai tentar detê-lo?

– Sof, somos uma dupla porque temos que ajudar uma à outra, porque juntas somos mais fortes do que eles.

– Mas como eu iria fazer para chamar você?

Lidja sacudiu a cabeça.

– De qualquer jeito, você não deveria ter agido sozinha. Olha o estado em que ficou!

Sofia desviou o olhar. No fim, achava que tinha feito a coisa certa. Não tivera alternativa. Permaneceram em silêncio por um instante.

– Você me deixou muito preocupada – disse Lidja à meia-voz.

Sofia sentiu algo se desmanchar no estômago.

— Sinto muito — respondeu, triste. — Sinto muito mesmo.

— Você tinha que voltar logo, por que raios ficou lá fora? Quando não a vi chegar nem uma hora depois do horário de fechamento da biblioteca, me senti mal. Não sabia o que fazer. Rodei a cidade toda, toda, perguntei aos passantes, nos bares, nas lojas, fui a todos os lugares!

Sofia apertou a mão dela.

— Me desculpe. É que... Estava cedo, eu estava com esse livro, queria terminar de ler, e aí...

— Você está estranha, Sof, tem estado distraída esses dias e agora nem me conta mais as coisas... Eu não sei o que pensar.

Sofia sentiu a verdade subindo aos lábios. Queria contar sobre o rapaz, que a esperança de vê-lo a manteve fora até aquela hora, que a impeliu a segui-lo no claustro de Santa Sofia. Mas não podia. Algo a impedia de falar. A vergonha, a sensação de ter se iludido.

— Nunca mais vou fazer isso — disse, enfim, tentando dar um tom convincente à voz. — Juro.

Lidja a olhou, preocupada, mas apertou sua mão. Queria acreditar.

O momento da conversa chegou no mesmo dia em que Sofia se levantou da cama pela primeira vez. Sentia-se mais forte, embora a ferida no ombro ainda doesse. Deu uma volta no campo, enrolada no sobretudo, entre os sorrisos e os parabéns dos companheiros do circo que encontrava. Comeu junto com os outros e depois do almoço se recolheu no trailer.

Nem meia hora depois, o professor e Lidja entraram. Sofia suspirou. Sabia que aquele momento chegaria e sabia que seria doloroso, mas era necessário.

– Temos que conversar – disse abruptamente o professor. E foi ele quem começou.

A viagem à Hungria havia sido longa e complexa. Depois de uma primeira etapa em Budapeste, teve que se deslocar para as áreas rurais nos rastros do terceiro Draconiano.

– Não foi fácil, mas consegui reconstituir uma parte da vida dele. Pelo que parece, a mãe era italiana, e o pai era húngaro. Passou apenas os primeiríssimos anos na Hungria e, a certa altura, o pai foi embora, não sei exatamente como nem por quê. Eu o encontrei, mas ele se recusou a falar comigo assim que mencionei o filho. Portanto, ele viveu principalmente com a mãe e com ela voltou para a Itália quando tinha cinco anos.

A história dele, a partir daquele momento, ficava confusa. A mãe morrera, e ele fora transferido de um instituto para outro. Em cada orfanato nunca ficara mais que alguns meses. Ninguém o adotou, e todos se lembravam dele como um menino intratável, que provocava brigas com os colegas continuamente e que, uma vez, agrediu até um dos vigilantes. No fim, foi transferido para um instituto de Benevento e, lá, desapareceu.

Sofia sentiu um golpe no coração.

– Justamente por esse motivo vim para cá há mais ou menos uma semana, no dia em que você lutou com o Sujeitado – disse o professor, olhando Sofia. – Ajudei Lidja a procurá-la, dividimos as áreas da cidade e, no fim, fui eu mesmo que encontrei você. Eu a vi sair de Santa Sofia e se prostrar no chão. Você não faz ideia de como me senti.

Sofia percebeu o sentimento de culpa se condensando em um nó na garganta.

– Sinto muitíssimo, professor, mesmo. Eu já disse isso para Lidja também.

– Nunca mais desapareça. E tente também ser mais prudente quando encontrar um inimigo. Evite envolver-se em um combate se não conhecer as capacidades do seu adversário.

Sofia ficou vermelha como um pimentão.

– Na hora me pareceu a melhor coisa a fazer – disse baixo.

Enfim o professor sorriu.

– Sei perfeitamente quais eram as suas intenções, mas tem que tomar cuidado. Da próxima vez tente ser... menos impulsiva.

Sorriu de novo para ela, e Sofia sentiu-se grata. A conversa tinha tomado um rumo ruim, e ela precisava de um pouco de consolo.

Schlafen encostou as costas na parede do trailer.

– Isso é tudo. Minha pesquisa continua. Tenho razões para acreditar que o Draconiano, que se chama Fabio Szilard, ainda está aqui, em Benevento.

O terceiro Draconiano

Sofia enrijeceu-se. Pouco a pouco, as peças se encaixavam, e as lembranças do embate ficavam mais nítidas. Houve um instante de silêncio, e ela mesma o quebrou.

– Tenho um monte de coisas para dizer a vocês.

Começou contando o sonho, e Lidja interveio contando o seu. Então, Sofia se demorou revelando o que tinha descoberto em relação à nogueira. O professor pareceu se iluminar.

– Isso o faz lembrar algo? – perguntou Sofia.

– Uma lenda – respondeu ele. – A lenda de uma árvore e de uma jovem corajosa. – Tomou fôlego. – Na época em que Dracônia ainda estava na Terra e a Árvore do Mundo era próspera, nós, Guardiões, éramos cinco, como os dragões que protegiam a árvore. Durante a guerra, dois de nós morreram e ficamos três, entre os quais uma moça. Reencarnamos geração após geração, esquecendo tudo sobre nós, mas prontos para despertar quando Nidhoggr se tornasse mais forte, o que de fato aconteceu comigo.

– Quer dizer que existem outros dois como você por aí? – exclamou Lidja, incrédula.

– Não exatamente. De fato, deve existir mais um. Procurei-o, mas ainda não consegui encontrá-lo. Porém, a moça de quem falei, bem, ela morreu séculos atrás.

O professor interrompeu-se um momento e ajeitou os óculos no nariz. Fazia isso sempre, e rever aquele gesto foi um prazer para Sofia: tinha a ver com o lar, uma das coisas que lhe fazia falta naqueles dias que haviam passado longe um do outro.

– Essa moça – prosseguiu o professor – chamava-se Idhunn e tinha uma relíquia da Árvore com ela, mas não há notícias sobre sua natureza. Prestem atenção, o que estou contando a vocês é uma lenda, por isso existem várias versões; é cheia de inexatidões e assim por diante. Mas a moça de quem estou falando de fato existiu. De todo modo, a moça levou a relíquia consigo, plantou-a, e dela saiu uma árvore.

– Uma nova Árvore do Mundo? – interrompeu Lidja novamente.

– Não, não, claro que não. Caso contrário seria suficiente plantarmos a nossa Gema e resolveríamos o problema. Mas parece que a árvore que brotou era especial e tinha poderes extraordinários. Nunca perdia as folhas e dava frutos o ano todo. Conta-se que havia um culto ligado a essa árvore e sacerdotisas que o celebravam. Idhunn era a líder; não se lembrava nada de si e de Dracônia, e tudo o que restava de seu passado era o instinto de proteger a árvore. Esse culto, porém, a certa altura foi mal-interpretado, e as sacerdotisas acabaram envolvidas na caça às bruxas.

O professor calou-se.

– E aí? Que fim levou a árvore? E as moças? – perguntou Lidja.

– A lenda não diz, nem se sabe que fim levou a árvore.

– É a nogueira de Benevento? – disse Sofia.

– Me parece muito provável. De resto, o sonho de Lidja é claro. As mulheres que foram chamadas de bruxas eram, na verdade, as sacerdotisas daquele culto, e a nogueira escondia a relíquia da Árvore. De todo modo, pensem bem, tudo leva a Benevento. Minha pesquisa me trouxe até aqui, Nidhoggr também está neste lugar, e vocês se reuniram aqui.

– A relíquia é o fruto? – perguntou Sofia baixinho. Pareceu-lhe que Lidja segurou o fôlego.

– É possível.

O silêncio que se seguiu pareceu infinito.

– E onde está Idhunn?

– Diz a lenda que morreu na época da caça às bruxas.

Sofia pensou na velhinha, nos seus modos estranhos e no que tinha lhe contado. Falou sobre ela com os dois.

– Não podemos excluir a possibilidade de que seja ela, na realidade, ou que de algum jeito a tenha conhecido. Sabe onde podemos encontrá-la? – perguntou o professor.

Sofia balançou a cabeça.

– Aparece de repente, eu a vi duas vezes no total e em dois lugares diferentes.

– Não se preocupe, não é a coisa mais importante agora. Em vez disso, conte sobre o embate com o Sujeitado.

Sofia teve que reunir forças. Agora vinha a pior parte, a que temera desde o primeiro momento. Apertou os punhos e começou a contar. Decidiu ser brutalmente sincera e se demorou no primeiro encontro com o rapaz, no circo.

– Por isso que naquela noite Marcus estava com raiva – observou Lidja.

Sofia concordou. Depois explicou que o viu de novo diante da igreja e o seguiu porque o reconhecera.

– Espere um momento – disse o professor, adiantando-se. – Você está me dizendo que esse rapaz falava normalmente?

Sofia olhou-o nos olhos.

– Professor, ele parece ter consciência. Não tem nada a ver com o menino da luta perto do lago de Albano, nem com Lidja quando foi possuída.

Ele pareceu se inquietar.

– E piora – acrescentou Sofia com um suspiro, descrevendo suas asas, que eram, sim, em parte metálicas, mas tinham algo de orgânico. Além disso, havia o sinal. – Era como o meu – explicou, tentando controlar o tremor da voz. – Iluminou-se enquanto lutávamos. E ele tinha o poder de controlar o fogo, incendiou a minha lança e todo aquele templo subterrâneo.

O professor Schlafen, agora, estava de fato preocupado.

– Quantos anos ele tem?

O terceiro Draconiano

Sofia foi obrigada a trazer novamente à mente a imagem de seu rosto. Sentiu um aperto no estômago, e o coração deu uma cambalhota.

– No máximo um a mais que eu.

– Você acha que as serpes possam ter se fundido com os humanos? Ou é um novo tipo de inimigo? – perguntou Lidja.

O professor não respondeu logo.

– O Draconiano que procurei esses meses é um rapaz de quinze anos – disse, enfim. – O dragão que traz em si se chama Eltanin, e seu poder é a capacidade de controlar o fogo.

O silêncio que desceu no trailer foi pesadíssimo e recaiu sobre eles como um manto.

– Professor, se fosse um de nós não estaria com Nidhoggr. Quero dizer, é um Draconiano! – observou Lidja.

– Não sei, Lidja, não sei. A aspiração ao bem não é inata aos Draconianos. São pessoas normais que podem usar como quiserem seus poderes.

– Mas Rastaban falou comigo uma vez, e tenho certeza de que é o seu poder que me incita a proteger a Árvore do Mundo e a Terra! Não é possível que ele não escute a voz de Eltanin.

– Não, Lidja, não é como você pensa. A sua escolha foi consciente, e a de Sofia também, que, na verdade, durante um período até pensou em abandonar a nossa causa.

Sofia corou violentamente ao lembrar aquele momento de fraqueza.

– E depois... – Schlafen se demorou um instante. – E depois Eltanin era um dragão especial. Um dragão que traiu.

Aquela palavra caiu no meio deles como uma pedra. Sofia sentiu o coração pesado, como se alguém o espremesse em uma mordida. Era como ela, e talvez por isso tivesse se apaixonado. Mas não era como eles, porque havia escolhido o mal conscientemente.

– Como assim, que traiu?

– Que decidiu combater ao lado das serpes.

Lidja balançou a cabeça.

– Se ele está com elas, estamos acabados – sentenciou. – Tem os nossos poderes e as nossas lembranças, sabe tudo sobre nós. Pode até já saber onde está o fruto.

– Não há motivos para nos preocuparmos antes da hora. Ainda podemos fazer com que ele passe para o nosso lado.

– Mas se você disse que Eltanin é malvado!

– Eltanin errou. Ninguém é malvado a princípio.

– Nidhoggr é – objetou Sofia.

O professor não replicou. Em vez disso, disse:

– Não estariam aqui ainda se tivessem o fruto, e com certeza o fruto não estava naquele templo subterrâneo, ou Sofia o teria sentido. Ainda temos tempo.

Isso. Mas quanto lhes restava?

– Temos que procurar, perguntar. Encontrar a nogueira é o nosso primeiro objetivo.

– Ninguém sabe onde está, existem apenas hipóteses – disse Sofia. – E, de todo modo, foi extirpada por um tal de Bal... Bar...

– Barbato – completou o professor. – O bispo de Benevento na época. Tudo bem, mas, mesmo que não tenha sobrado nada, nós somos capazes de sentir a presença dela por causa da relíquia. Ou melhor, *vocês* são capazes.

Lidja concordou com convicção.

Então, o professor se virou para Sofia.

– Infelizmente, apesar das suas condições, precisamos de você. Você já procurou na biblioteca e ainda terá que nos ajudar.

– Claro – consentiu ela, fraca.

O professor relaxou.

– Não tenham medo, vamos conseguir. Temos que acreditar na nossa missão e na nossa capacidade de levá-la até o fim.

Lidja concordou de novo, e Sofia fez o mesmo. Mas se sentia desanimada. Por causa daquele sentimento de culpa que crescia em seu peito em relação ao inimigo e porque, mais uma vez, o destino a obrigava a combater contra um semelhante.

12
Buscas

Sofia não se conformava com o fato de que um Draconiano pudesse ser seu inimigo e, principalmente, que esse inimigo tivesse a aparência de Fabio. Não conseguia apagar de sua mente o rosto dele. E os olhos dele. Todas as vezes que pensava nisso, sentia um nó no fundo do estômago. E pensava com frequência, muito mais do que desejava.

Assim, embora a ferida já estivesse quase completamente curada, sentia-se fraca e, mais do que nunca, carente. Mas disso, felizmente, o professor cuidava. Antes de se deitar ia sempre até ela, sentava-se na beira da cama e falava até ela adormecer.

– Pensei em você enquanto estava na Hungria – disse ele aquela noite, acariciando seus cabelos. – Não ache que para mim foi fácil decidir não a levar comigo e não ache que gostei de ficar longe de você todo esse tempo.

— Professor, de verdade... Não foi tão difícil — respondeu Sofia, mentindo um pouco. — Você tinha razão, este lugar é fantástico, cheio de pessoas extraordinárias.

Ele ajeitou duas vezes os óculos no nariz, disse dois "Ah, bem" e, por fim, enfiou uma das mãos no bolso. Tirou um pacotinho enrolado em um papel de presente amarrotado.

— Coloquei na mala, e você sabe como tratam as malas nos aviões — desculpou-se, dando-lhe o pacote. — Mas o conteúdo é melhor do que a embalagem.

Sofia o desembrulhou devagar, o coração batendo forte. Não era a primeira vez que o professor lhe dava um presente, mas esse vinha de longe; era sinal que de fato havia pensado nela.

Seus dedos tocaram a superfície de algo frio e liso. Um pequeno rinoceronte de porcelana: o chifre era dourado; e o couro, desenhado com finíssimos traços de pincel verde. Era miúdo e esplêndido, perfeito em todos os detalhes. Sofia rodou-o nas mãos, admirada.

— Você me disse que desde criança o rinoceronte é o seu bicho preferido e que você gostaria de vê-lo em seu habitat natural. Bem, esse é um presentinho que torce para que você possa fazer isso. É o meu presente de Natal, desejando que você me perdoe por não ter estado com você.

— Professor... — murmurou Sofia, comovida. E, naquele momento, entendeu que ele estava sem-

pre com ela e sempre estaria. Quando era preciso, aparecia magicamente e a salvava das encrencas ou a animava nos momentos ruins, como estava fazendo agora. Jogou os braços em volta do pescoço dele.
– Me desculpe.
– Por quê?
– Por ter duvidado de você. Tinha medo de que você me abandonasse.
– Isso nunca acontecerá – afirmou ele. – Agora durma – acrescentou, soltando-se de seu abraço. – Os próximos dias serão muito intensos.

No dia seguinte, Sofia tomou café da manhã com Lidja e o professor em uma mesa posta suntuosamente. Como nos bons tempos. O professor apresentou-se com uma roupa bizarra, para dizer o mínimo: camisa quadriculada sob um casaco de malha bege, calças que pareciam bombachas e meias de lã pesadas enfiadas em um par de botinas. Tudo isso decorado por um chapéu tirolês de plumas.
Sofia olhou-o como se fosse um alienígena, o pão se esmigalhando lentamente na xícara de leite.
– Hoje começaremos a busca pela nogueira. Iremos aos lugares que Sofia pesquisou na biblioteca.
– Professor, pelo menos neste caso, acho que convém nos dividirmos – objetou Lidja. – O tempo urge e, como somos três, podemos verificar todos eles em um dia só.
Ele balançou a cabeça.

Buscas

— O inimigo também pode estar nesses lugares. A possibilidade de um embate é altíssima, e é melhor estarmos unidos. Partimos em dez minutos – concluiu, virando-se.

Sofia e Lidja trocaram um olhar significativo. Como poderiam circular com ele vestido daquele jeito? Mas o professor tinha uma surpresa que as esperava fora do acampamento do circo. Era um carro de época, de uma bela cor verde-garrafa, brilhante sob o pálido sol de inverno. Parecia imenso, com pneus altíssimos e grandes assentos de couro. O estribo ficava a uns dez centímetros do chão.

— Vim de Roma no meu carro. Achei que devia trazê-lo comigo – disse o professor, satisfeito diante da empolgação de Lidja.

— Não sabia que você tinha carteira de motorista – observou Sofia, os olhos brilhando. Ela também gostava daquela estranha geringonça, tão incomum, mas tão elegante.

— Quando posso, não dirijo. E, depois, em casa o carro é quase inutilizável, no meio do bosque. Eu o deixo em uma sala do porão e, de lá, o levo para fora através de uma saída um pouco isolada, como a do submarino. Mas desta vez foi necessário: eu estava com pressa. E aqui ele nos será muito útil. Temos que nos movimentar muito e depressa, e o melhor é fazer isso de carro.

Então, subiu na frente, enquanto Sofia e Lidja se arrumavam no assento traseiro. O estofado de couro claro exalava um cheiro bom, e o assento era extraordinariamente macio, embora o encosto fosse um pouco alto e reto demais para o gosto de Sofia. Assim que ele inseriu a chave, o carro começou a tossir, como se não quisesse ligar.

– Ele faz sempre um pouco de birra – disse o professor, calmíssimo.

Sofia ficou desconfiada. Sabia que ele nutria uma verdadeira paixão por objetos antigos, ao contrário dela, que suspeitava particularmente das coisas velhas.

– Aí está! – exultou Schlafen, assim que o motor rugiu.

O carro balançava tanto que Sofia teve que se agarrar ao assento.

– Vai ser assim o tempo todo? – sussurrou para Lidja em um tom entre preocupado e brincalhão. A amiga respondeu com um meio sorriso.

– Prontas? – disse o professor.

– Prontíssimas! – declarou Lidja, e Sofia se limitou a concordar com timidez.

A marcha foi engrenada, e o carro partiu como um raio, com uma velocidade e uma estabilidade incomuns para um carro daquela idade. Sofia não se preocupava mais com o estado do automóvel e sim com a velocidade. Porque o professor dirigia de um jeito maluco, para dizer pouco. Guinadas bruscas, freadas e aceleradas imprevistas: o repertório inteiro da direção esportiva.

Buscas

– Ontem eu anotei em uma folha todos os lugares onde a nogueira poderia estar. Dei até um pulo na biblioteca e descobri algo muito interessante – disse, a certa altura, o professor. Então, virou-se para elas e mostrou um pedaço de papel entre o indicador e o dedo médio.

– Professor, a estrada! – gritou Sofia.

– Nada a temer, nada a temer – replicou ele, agarrando o volante com as duas mãos de repente e dando uma guinada brusca. Tinha largado no assento o pedaço de papel, uma folha dobrada em quatro.

Foi Lidja quem o pegou e o abriu. Era um mapa.

– Foi desenhado por um tal de Pietro Piperno, um estudioso de 1600 que pesquisou sobre a bruxaria em Benevento. Deve indicar a localização da nogueira. Me parece mais do que uma pista.

– Sem dúvida! – exclamou Lidja, entusiasmada.

– Começaremos nossa busca por ele – concluiu o professor.

Não precisaram viajar muito. Logo, logo, os prédios da cidade foram substituídos por uma plantação. O carro pegou uma rua de terra e chegaram ao lugar indicado no mapa: nada mais que uma planície não cultivada, talvez adaptada ao pasto.

O professor parou de repente, então convidou Lidja e Sofia a descerem. As duas meninas olharam ao redor: esperavam algo mais místico, ou pelo menos mais atraente, mas aquilo era um simples prado. E nem sombra de nogueiras.

– Professor, não há nada aqui – disse Sofia.

– Estamos falando de uma árvore mágica, portanto o fato de não a vermos fisicamente pode não querer dizer nada – rebateu ele.

– Bem... tudo bem... mas se não está visível, como faremos para encontrá-la? – perguntou Lidja, desconfiada.

– Minha teoria é a seguinte – explicou, então, o professor. – A nogueira cresceu graças ao fruto que, de algum jeito, está escondido em seus arredores. Logo, a sua presença, ou a aura que deixou para trás, deveria entrar em ressonância com os pingentes de vocês, que são feitos com a resina da Gema. Um pouco como aconteceu com o pingente que encontramos sob o lago de Albano e que finalmente nos conduziu ao fruto.

Sofia puxou o próprio colar. O pingente estava como sempre e não parecia dar sinal de ter se ativado.

– Professor, parece normal.

– Vocês devem se concentrar – replicou ele. – Deem uma volta, fucem um pouco, e vamos ver se acontece algo.

Sofia e Lidja olharam-se, perplexas.

– Meninas, eu sei – disse o professor com um suspiro. – Estamos procurando uma agulha em um palheiro, tenho consciência disso. Mas é tudo o que temos. Precisamos nos contentar com as frágeis pistas que temos. Só peço a vocês que façam o seu melhor.

Sofia sorriu fracamente.

– Coragem! – exclamou, batendo uma das mãos no ombro de Lidja e tentando assumir um ar convicto. – Ao trabalho!

Enquanto procuravam, Lidja perguntou a Sofia em voz baixa:

– Então, o que você me diz do seu combate com o tal de Fabio? Não está me escondendo nada, não é?

Sofia fingiu não ter escutado e continuou dando voltas pelo campo.

– Sof, é tão terrível essa coisa que você tem para me dizer? – bufou Lidja, enfim. – O que a assustou tanto?

Sofia não podia continuar em silêncio.

– Não é apenas o que fez... É forte, tenho para admitir, mas nada de impossível. Sim, o controle do fogo mete medo, principalmente para quem tem um poder como o meu: num piscar de olhos ele queimou a minha lança.

– E então?

– Primeiro, me transtorna o fato de que seja um de nós.

Lidja olhou uma mata. Nenhuma nogueira nem mesmo ali.

– Também pensei nisso, não ache que não.

– Tem o sinal igual ao nosso, e suas asas são idênticas às minhas. É um Draconiano... Então por que luta contra nós? Como isso pode ter acontecido?

— O professor nos explicou — respondeu Lidja, pragmática.

Sofia queria ser como ela: sempre com os pés bem fincados no chão e a capacidade de nunca se abalar.

— Simplesmente temos que aprender que, às vezes, os aliados traem — prosseguiu Lidja. — Thuban e Rastaban passaram por isso antes de nós, com Eltanin. Não ache que isso não me perturba ou não me deixa triste, mas essa é uma guerra; eu tive consciência disso desde o primeiro momento. E em uma guerra acontecem coisas terríveis. — Sorriu. — Aprendi desde pequena a não confiar porque as pessoas não amam gente como eu e a minha família. Aprendi que aquelas que parecem boas pessoas frequentemente não são. Mesmo sob asas de dragão pode bater um coração negro.

Sofia sentiu lágrimas subirem aos olhos. Precisava de uma absolvição, essa era a verdade: precisava que Lidja lhe dissesse que não era culpa dela se tinha acreditado nos olhos e no rosto de Fabio, se contra qualquer lógica ficara completamente apaixonada por ele.

Lidja notou seus olhos marejados.

— Não é só isso, certo? Tem outra coisa.

Sofia desviou o olhar.

— Não, é que... — mas sua voz era inexoravelmente triste.

Buscas

Lidja posicionou-se de modo que a amiga pudesse ver seu rosto.

– O que aconteceu naquela noite?

Sofia ficou pregada no seu olhar.

– Não aconteceu nada. Foi um combate, um simples combate, mas... realmente não sei o que aquele menino fez comigo, se é magia ou outra coisa... – interrompeu-se um momento. – Não, acho que não consigo explicar.

– Você está me dizendo que existe um segredo entre nós? Que você não consegue me dizer uma coisa que a obceca há dias, que a faz ser outra pessoa? Está me dizendo que não confia em mim?

Sofia engoliu.

– A verdade é que desde o primeiro momento que o vi eu gostei dele. Tive uma queda por ele.

Disse isso num sopro, então percebeu que não conseguia mais olhar para a amiga.

Lidja refletiu por alguns instantes.

– Não é culpa sua – declarou, enfim.

– Você acha?

– Óbvio que não é culpa sua.

– É que... é um inimigo. Eu deveria tê-lo tirado da cabeça assim que vi os enxertos nas costas dele. Mas continuei a pensar nele, sempre, e penso agora também. Isso já aconteceu com você?

– Não, mas já vi acontecer com um monte de gente. Não se pode controlar, você não pode fazer nada a respeito... Os sentimentos não nos pertencem, fazem de nós o que querem quando chegam.

Sofia animou-se e olhou o céu.

– O que devo fazer?

– Parar de se sentir culpada, para começar. Fabio é um de nós. Eltanin vivia em Dracônia e conhecia Thuban a Rastaban. Compartilhou muitas coisas com eles, tenho certeza: deve ter havido uma relação, algo de profundo que ele arruinou com a traição. Mas continua sendo um de nós, de todo modo.

– E você acha que é possível que ele... mude de ideia? – perguntou Sofia, esperançosa.

– Você nem tem que pensar nisso – disse Lidja, fria.

– Por quê?

– Porque atender a esse sentimento só lhe fará mal. Confiar em quem não merece sua confiança, colocar seu coração na mão de quem pode pisar nele faz muitíssimo mal.

– Você sabe alguma coisa sobre isso, não é? – murmurou Sofia.

Lidja não respondeu logo.

– Houve um tempo em que confiei em alguém – disse, enfim. – Fiz isso tantas vezes, sempre esperando que fosse diferente... Mas nunca mudou. E só quando aquela pessoa saiu definitivamente da minha vida eu consegui encontrar paz.

Sofia não perguntou mais nada, esperou que a amiga encontrasse a força para continuar.

– Era meu avô – acrescentou ela, desviando o olhar. – Ia e vinha ao circo, chegava quando queria e fazia mil promessas para mim e para a minha avó. Que desta vez ficaria, que seríamos felizes juntos. Tirava sarro da nossa cara. E eu acreditava nele, e grudava nele. Principalmente quando minha avó morreu, ele me prometeu que ficaria comigo, que seria minha família. Teve a coragem de me fazer essa promessa diante da tumba dela. E, em vez disso, foi embora pouco tempo depois, para sempre. – Virou-se com ímpeto para Sofia, o olhar seguro e melancólico. – Quando parei de desejar que voltasse, que fosse fiel à promessa, fiquei melhor, entende? E você tem que fazer o mesmo. Tem que tentar não pensar nele, deve esquecê-lo. É apenas um inimigo agora, não o veja de outro jeito. Esqueça seu rosto e lembre-se só da batalha de vocês. Não pode ser diferente.

Sofia concordou. Mas em seu coração sabia que nunca conseguiria.

Quando se encontraram no carro, no fim da manhã, todos os três estavam de mau humor. O professor sentia as costas em frangalhos, Lidja estava com as mãos massacradas por amoras-pretas e urtigas, e Sofia sentia dor nos pés.

– Aqui a nogueira certamente não está – afirmou Lidja, categórica.

– Mas o mapa... – objetou o professor.

– Pode ser uma lorota. É um mapa do século XVII desenhado por uma pessoa que só tinha ouvido falar da nogueira, que com certeza não viu os sabás e as bruxas pessoalmente. Aqui eu não sinto nada.

O professor foi obrigado a concordar.

– Também acho que isso seja uma furada. Mas não quer dizer nada, temos outros lugares onde procurar.

Tentou sorrir, mas Lidja e Sofia sentiam-se incertas.

Entraram no carro, e o professor engrenou a marcha.

– O segundo lugar é às margens do Sabato. Força e coragem, ainda temos algumas horas de luz e nos convém aproveitá-la bem.

Sofia viu o campo passar pela janela. Sim, era preciso ter confiança; estavam somente na primeira tentativa. Nada, porém, podia tirar de sua cabeça a ideia de que a tarefa se revelaria muito mais complexa do que o previsto.

Não tiveram melhor sorte naquela tarde, nem nos dias sucessivos. Peneiraram as margens do Sabato palmo a palmo, da área dentro da cidade até a mais externa. O roteiro se repetia, idêntico, todos os dias: Lidja e Sofia se concentravam, evocavam os próprios poderes, se inclinavam no meio de água e mato, mas não havia jeito. Aonde quer que fossem, não sentiam nada de inusitado.

No fim do dia, ao voltar ao circo, sentiam-se cada vez mais cansados e abatidos.

– Vamos falar a verdade: pode estar em qualquer lugar e também pode não estar mais em lugar algum – disse Lidja uma noite.

– Se os inimigos estão nas redondezas, evidentemente Nidhoggr sabe que o fruto se encontra aqui.

– Ele também pode se enganar.

– É possível – observou o professor. – Mas é estranho. Quero dizer, então todos nós erramos? Vocês têm que admitir que as pistas conduzem justamente até aqui.

Sofia remexeu com tristeza a sopa. O fato era que, depois de todo aquele tempo, não haviam saído do ponto de partida. E, como se não bastasse, ela complicara ainda mais as coisas se apaixonando por Fabio. Porque a conversa com Lidja, no fim das contas, não adiantara muito, nem seus conselhos. Continuava a pensar naquele rapaz. Às vezes achava até que sentia sua presença, escondida de algum jeito entre as sombras. Em duas ocasiões ela até se virou, contra todas as lógicas, enquanto fuçava a grama. Porque o *sentira*. Uma coisa absurda: se estivesse lá, com certeza teria tentado atacá-los.

Começou até mesmo a desconfiar de que estava estragando tudo. Aquela fixação por Fabio a distraía, talvez impedisse que ela se concentrasse melhor. E se inconscientemente não quisesse achar o fruto para deixá-lo para ele? E se a sua loucura amorosa tivesse chegado a tal ponto que ela boicotasse involuntariamente a missão deles?

Falou disso uma noite com Lidja, que explodiu em uma risada.

– Sof, você nunca deixa de me espantar. É uma fonte inesgotável de paranoias absurdas.

Sofia fechou a cara.

– Não precisa rir – disse baixinho.

Lidja ficou séria.

– Digamos que você disse uma bobagem. Você não está boicotando ninguém, tudo está indo bem. Infelizmente, temos mais dificuldade do que o previsto para encontrar o fruto, mas acho que não é culpa de ninguém. Como o professor falou, estamos procurando uma agulha no palheiro.

A última busca aconteceu sob uma chuva densa e fina. Tratava-se do Estreito de Barba, um lugar ao longo do Sabato, na rua que une Benevento a Avelino. Tiveram que seguir devagar porque os limpadores de para-brisas eram pequenos e funcionavam pouco.

O primeiro a descer foi o professor, armado de um grande guarda-chuva preto, sob o qual Lidja e Sofia se apressaram em se abrigar.

Bastou colocarem o pé no chão para sentirem uma corrente estranha, um arrepio que subia pelas costas, gelando a pele.

– Nidhoggr passou por aqui – sentenciou Sofia.

A atmosfera ficou tensa.

– Maldição! – deixou escapar o professor. Depois suspirou. – Está certo, vamos ao trabalho, podem ficar com o guarda-chuva. – E, sem dar a elas tempo de retrucar, começou a caminhar debaixo da chuva.

Sofia o viu se desenredar por uma estrada de terra que levava ao rio.

– Você o sente, Lidja? – disse, enfim.

Ela concordou.

– Talvez tenhamos chegado – acrescentou. Não tinha, porém, a coragem de dizer o que pairava no ar. Se Nidhoggr estivera ali, deveria haver um motivo: talvez já tivesse se apoderado do fruto.

As duas meninas desceram em direção às barragens do rio em silêncio e repetiram os gestos de sempre, os que haviam adotado durante todas as longas buscas dos últimos dias: procurar no meio do mato, se concentrar, observar os pingentes.

Foi Sofia quem se deu conta.

– O pingente está estranho – disse, mostrando-o à amiga.

Lidja concentrou-se na pedra, que parecia desbotada. Puxou a sua, e tinha o mesmo aspecto da de Sofia: era como se na superfície houvesse uma espécie de pátina.

– Lidja, estou com um mau pressentimento.

– Não sofra por antecipação, como sempre – cortou ela. Afastou-se um pouco e sentou-se no chão. As calças ficaram ensopadas no mesmo instante, e um longo arrepio sacudiu suas costas. Ignorou-o.

– Mas você está louca?

– Há algo aqui, você também disse, e eu quero entender o que é. Estou apenas tentando me concentrar para descobrir. Aliás, venha aqui você também, trabalhamos melhor em dupla.

Sofia olhou a lama que sujava suas botinas.

– Acho que vou ficar de pé, tudo bem? – respondeu, pegando a mão que a amiga lhe estendia.

Lidja deu de ombros.

– Como quiser. Eu só queria entrar em contato com esse lugar mais intimamente.

Então fechou os olhos. Sofia fez o mesmo.

Foi necessário apenas um instante para que o sinal nas testas delas se acendesse com reflexos luminosos. A sombra pálida de dois pares de asas transparentes se desenhou no ar sob a chuva. Foi como virar uma pessoa só; as percepções de uma eram as da outra. Um negrume pastoso envolveu ambas, e sobre ele não se delineou o que elas esperavam – a figura enorme e terrível de Nidhoggr –, mas algo diferente. Um obelisco com contornos indistintos, que se levantava sobre o fundo de prédios anônimos, com um furo retangular que se abria na base. Ao lado, pouco a pouco se desenhou outra coisa. A imagem grotesca de uma enorme máscara de teatro, dessas que viam ao visitar museus de arte romana. Na boca brilhava algo que, lentamente, se definiu como uma chave. Lidja esticou uma das mãos, e o que viu não foram seus dedos rosados, mas as garras de um dragão com as escamas douradas.

Buscas

"Não é Rastaban", pensou, perplexa.

As garras fecharam-se sobre a chave, e Lidja sentiu o frio metálico. Então, foram inseri-la no furo do obelisco. Houve uma explosão de luz, cegante, que a confundiu, enquanto uma sensação de paz e beatitude a envolveu, fazendo-a sorrir. E então a viu, linda e imensa, verde, quase brilhante de uma luz escondida: a nogueira.

– Lidja!

Os sentidos voltaram todos juntos. Lidja sentiu frio e começou a bater os dentes. Percebeu estar deitada, e sobre ela viu Sofia, aterrorizada.

O professor estava ao seu lado, não menos preocupado, e a protegia com o guarda-chuva.

– Lidja, você está bem?

– Primeiro, não grite – respondeu com um sorriso, depois tentou se levantar. – O que aconteceu?

– Você é que tem que nos dizer – respondeu o professor. – Ouvi Sofia gritar e a encontrei deitada no chão com os olhos arregalados. Está se sentindo bem agora?

Lidja demorou alguns segundos para responder; fora o frio glacial, parecia que estava tudo certo.

– Sof, você viu? – perguntou, empolgada.

– Vi o obelisco, sim... – respondeu Sofia, confusa. – E algo na máscara. Mas, depois, não sei... Abri de novo os olhos e estava aqui, o guarda-chuva tinha caído da minha mão, e você estava deitada no chão.

— Aconteceu mais uma coisa — disse Lidja. Virou-se para o professor. — Era uma visão!

— Eu imaginava — respondeu ele. — Claro que essas visões poderiam ser menos assustadoras — acrescentou, dando uma piscadela para ela.

Lidja esboçou uma risadinha, mas logo voltou a si.

— Este lugar, de algum jeito, deve ter tido a ver com a árvore, não só com Nidhoggr. De todo modo, o que conta mesmo é o que vi.

Contou depressa, tentando não esquecer nenhum detalhe. Estava entusiasmada porque enfim tinham uma pista verdadeira, concreta.

O professor ponderou por alguns instantes suas palavras. Depois olhou para Sofia.

— Você conhece esta cidade melhor do que eu.

Ela não teve nem que pensar.

— O obelisco parecia o que existe na avenida: passei na frente dele um monte de vezes. Mas, quanto à máscara...

— Em Benevento estão as ruínas do teatro romano — completou Lidja. — Talvez a chave esteja lá.

Somente então o professor se permitiu um suspiro de alívio.

— Talvez estejamos no caminho certo — concluiu Lidja.

Fabio, escondido entre os arbustos, sorriu. Seus inimigos tinham lhe indicado o lugar certo.

13
No teatro

Lidja começou a tremer já no carro e à noite ardia em febre. Culpa da água que encharcara sua roupa ao se deitar no chão durante a visão.

O professor colocou-a na cama e deu uma gota de resina para ela engolir.

– Em dois dias você estará bem. Mas isso é um problemão – disse, andando pelo trailer a passos largos. – Porque teremos que esperar para recuperar a chave. E tenho medo de que Nidhoggr coloque as mãos nela antes de nós.

– Eu consigo, professor – protestou Lidja, levantando-se.

Ele a deteve com um gesto.

– Por enquanto é um simples resfriado, mas se você sair com esse gelo corre o risco de pegar uma pneumonia. Não, não, precisamos adiar.

– Eu vou sozinha – disse Sofia à meia-voz. Os outros dois se viraram para olhá-la.

– Absolutamente não – afirmou o professor.
– Professor, isso é uma emergência...
– É sempre uma emergência – interrompeu ele.
– Haverá sempre um fruto a ser recuperado e Nidhoggr estará sempre por perto. Mas isso não significa que temos que correr riscos inúteis.
– Os riscos fazem parte da nossa missão, e você não poderá nos defender sempre – objetou Sofia. – Você sabe que o importante é deter Nidhoggr e quer adiar só porque tem medo por mim e... – hesitou – ... porque me ama. E infelizmente esse motivo não é válido.

O professor ficou de pé no meio do trailer, um sorriso cansado no rosto.
– É curioso que minha filha tenha que me explicar qual é a minha tarefa de Guardião – disse amargamente, então a abraçou. – Você cresceu, cresceu mesmo – sussurrou-lhe no ouvido.

Sofia nunca teria imaginado que ele pudesse lhe dizer uma coisa dessas.

Saiu quando faltava uma hora para meia-noite, acompanhada pelo professor, enquanto Lidja dormia, felizarda. A chuva da manhã dera lugar a uma neve fina que, por enquanto, ainda não conseguia se enraizar no asfalto molhado. Sob a luz alaranjada dos lampiões, os flocos desciam devagar como pequenas bailarinas. O silêncio era absoluto, quase sacro.

No teatro

Sofia podia dizer que nunca tinha visto a neve. Lembrava-se apenas uma vez de ter visto alguns flocos no centro de Roma. Levantou o rosto e por poucos segundos esqueceu tudo: Fabio, a missão, o fruto.

– Bonita, não? – exclamou o professor, notando sua expressão extasiada. – Em Munique, de onde eu venho, neva quase todos os invernos.

– Você acha que ela vai se firmar? – perguntou Sofia.

– Acho que sim – respondeu ele, sorrindo.

Percorreram de carro as ruas desertas da cidade. Benevento parecia paralisada por um encanto. Tudo estava imóvel e sossegado sob aquela neve fina. Sofia, com o nariz espremido no vidro gelado, pensou que talvez Nidhoggr pudesse ficar fascinado por aquela magia e não aparecer. *Nem Fabio...* O coração se apertou, dolorido.

Chegaram à praça de uma pequena igreja rodeada por ruínas. O portão estava fechado. Era ali que ficava o teatro.

O professor virou-se para Sofia:

– Eu sou um Guardião, mas para mim você não é somente uma Draconiana. Você é minha filha. Eu imploro: não cometa imprudências.

– Terei cuidado, prometo.

– Esperarei aqui – acrescentou ele.

Sofia desceu, e o barulho da porta do carro batendo pareceu violar a paz daquele lugar. A neve havia embranquecido o asfalto como uma leve polvilhada de açúcar de confeiteiro.

"Está se firmando", pensou Sofia. Depois sacudiu a cabeça. Não podia se distrair: agora, o importante era a missão, nada mais. Levou uma das mãos ao peito. Vestia o corpete que usara ao enfrentar Nidafjoll na Mansão Mondragone. Naquela ocasião, ele a protegera, impedindo que o inimigo tocasse nela. Esperou que funcionasse dessa vez também, mas, mais ainda, esperou não ter que combater.

Concentrou-se um instante, e as asas surgiram em suas costas. O sinal em sua testa brilhava. Um bater de asas no ar frio e ultrapassara o portão.

Houve uma época em que as ruínas, de madrugada, lhe davam medo. Principalmente os Fóruns Romanos, que havia visitado à noite: imaginou-os povoados pelos espíritos de quem morava lá. Pensou que até o seu orfanato, um dia, viraria ruína e que dela sobraria somente um espírito triste que vagava por entre as paredes destruídas, em meio a grupos de turistas distraídos.

Agora não tinha mais medo do escuro. Havia descoberto, às próprias custas, que existiam coisas piores.

Avançou devagar, as botinas imprimindo pegadas nítidas na neve, e seus passos geraram um estranho eco.

No teatro

Virou-se de um salto. Não era um eco. Era barulho de tamancos. "A velha", pensou.

Era ela mesma. Sua figura negra e curvada se destacava entre os flocos de neve a poucos metros de distância.

– Estava à sua espera – disse.

Não parecia sentir frio, e sua respiração não formava nuvenzinhas no ar gelado. Esse foi o detalhe que impressionou Sofia, que a deixou alerta. "Não é um ser humano", pensou. Deveria ter entendido isso antes. Seus modos, a forma como aparecia e desaparecia... Mas, se não era uma pessoa de verdade, quem era? *O que* era? E, principalmente, o que esperava dela?

– Quem é você? – perguntou.

– Você não sabe? – A velha sorriu. – Sou uma pessoa que deveria ter abandonado este mundo muito tempo atrás, mas ficou ligada a essa cidade... E que esperava justamente você.

Sofia ficou perplexa.

– Você me esperava?

A velha concordou.

– Há mais de mil anos.

– Sabe o que procuro?

– Uma chave. Certo?

– Sim.

– Sabia que um dia alguém viria. Mas não tinha certeza de que fosse você. E não pude ajudá-la até você ter colocado os pés aqui. Venha.

Estendeu-lhe a mão. Sofia hesitou, depois a pegou. Parecia a mão de uma pessoa viva, a não ser pelo frio daquela pele.

A velha conduziu-a. As ruínas do teatro eram lúgubres, delineadas pela pouca neve que havia pousado sobre elas, as arcadas como órbitas vazias de um crânio. O contorno do teatro se destacava nitidamente sobre o fundo preto daquela noite de neve.

A velha arrastou Sofia até uma máscara com pouco mais de um metro de altura. Era assustadora. Os olhos eram dois buracos profundos, grandes de forma não natural, circundados por sobrancelhas marcadas por rugas. Faltava o nariz, e a boca era um poço de obscuridade. A neve marcava seus traços, tornando-a ainda mais grotesca. Sofia reconheceu-a: era exatamente a que tinha visto no sonho; não havia possibilidade de se enganar.

– Está ali – disse a velha. – Vai, é só pegar.

Sofia tentou tomar coragem. Avançou um passo, esticou a mão para tocar a pedra. Então, colocou-a na boca da máscara, hesitante, empurrando-a cada vez mais, até o pulso. Era como se, no fundo, a pedra tivesse amolecido: uma sensação horrível, e por um instante teve medo de ficar presa. Então, os dedos tocaram algo metálico.

A chave!

Apressou-se em puxar a mão para fora. A chave tinha uns dez centímetros de comprimento, era de

No teatro

metal; e, no sarrafo, desenvolvia-se o baixo-relevo de um dragão. Ela conseguira!

Foi seu sexto sentido que a salvou. Uma vibração do ar, um barulho pouco perceptível no silêncio abafado daquela noite fria. Jogou-se de lado, o sinal dele brilhando na escuridão.

Era ele. Fabio. A lâmina que lançara contra ela se fincou na pedra, passando bem próximo dela.

– Não quero lutar com você! – berrou Sofia.

Fabio riu.

– Você pode me dar a chave por livre e espontânea vontade, e ninguém se machucará.

Sofia tentou ponderar, refletir.

– Por que você está com ele?

– Não tenho tempo para essas conversas inúteis. Me dê a chave e acabe com isso.

– Você é um de nós.

Notou uma sombra de incerteza em seu rosto.

– Na verdade, *você* que é como eu. Mas nada disso tem importância.

– Ao contrário, tem, sim!

De repente, as lembranças de Thuban encheram o coração e a mente dela de uma lancinante nostalgia. No fim, via-o assim como Thuban devia tê-lo visto milênios antes, quando a Terra ainda era dos dragões.

Eltanin, o amigo, o companheiro, o jovem dragão impulsivo, obstinado e volúvel, o que o traíra

A Garota Dragão

ao se unir voluntariamente à causa de Nidhoggr, o único dragão contra quem Thuban já havia lutado.

– Você não pode não se lembrar – disse Sofia, com entusiasmo. – Não pode não se lembrar de Thuban, que era seu amigo, que foi seu mestre. Não se lembra dos dias em Dracônia? Os voos que dávamos sobre os telhados brancos da nossa capital e os anos de estudo... Não se lembra de quando descansávamos debaixo da Árvore do Mundo, e eu lhe contava as histórias da nossa raça, e você ria, se divertia e inventava novas histórias só para mim?

Viu seu olhar se deteriorar. Lembrava, lembrava algo!

– Você não se lembra de Eltanin, não o viu pelo menos uma vez em sonho? Eu o conheço, grande, jovem, as escamas de um amarelo esplêndido, dourado...

Um raio de ira pareceu cruzar os olhos de Fabio.

– Um dragão que era inimigo do que está em seu corpo.

– Mas tudo pode mudar! Nidhoggr se aproveitou de você. Não entende?

A mão de Fabio se abaixou um pouco, seu olhar mais incerto do que nunca. Sofia levantou-se e, aos poucos, aproximou-se dele. Esticou os dedos para tocá-lo, para confortá-lo. De repente, porém, certa mão apertou a garganta dela. Tentou reagir, mas não conseguia se mexer. Sentiu o corpete murchar e queimar na pele.

No teatro

– Ratatoskr! – gritou Fabio.

Estava atrás dela, o mesmo inimigo que a seguira quando recuperara o fruto de Rastaban. Reconheceu a voz dele, fria como uma lâmina.

– Da última vez éramos mais fracos, e a sua relíquia boba até podia nos deter, mas agora... – Arrancou a chave de sua mão. – Muito obrigado – sussurrou, com sarcasmo.

Apertou os dedos em sua garganta, e Sofia viu tudo ficar preto.

"Morri", pensou, transtornada.

– Deixe-a para lá, e vamos pegar essa maldita relíquia, ou o que quer que seja – interveio Fabio.

Mas Ratatoskr não dava sinais de que iria largá-la.

– Não temos tempo para isso! – insistiu o rapaz.

Ratatoskr afrouxou os dedos. Depois largou Sofia, que caiu no chão, tossindo. Ela ouviu os inimigos se movendo e fez um esforço sobre-humano para voltar a si.

Evocou uma rede de cipós que se enrolou ao corpo de Ratatoskr. Ele respondeu evocando chamas negras que o rodearam. A rede de cipós explodiu, e Ratatoskr estendeu a mão para ela. Um raio negro lampejou, e Sofia escapou dele alçando voo. Mas o segundo ataque a pegou de raspão na asa. Sentiu uma dor violenta e precipitou ao chão com um golpe que lhe tirou o fôlego. Dessa vez, nada nem ninguém poderia salvá-la, até que...

– Sofia!

Era o professor, armado de nada além de suas mãos.

– Não, não, não!

Foi como se o tempo tivesse perdido a velocidade e, em câmera lenta, Sofia viu Ratatoskr esticar uma das mãos e lançar outro raio. A explosão das chamas negras cobriu tudo.

Quando seus olhos foram novamente capazes de ver, deu-se conta de que os agressores haviam sumido. Diante dela, no terreno, jazia o corpo do professor.

14
Um salto no escuro

O professor jazia no chão, branco como um fantasma. O mundo pareceu desabar em torno de Sofia. Não, não podia ser, não devia ser! Apertou-o contra si e chamou-o, desesperada.

Então, as pálpebras se mexeram, e ele abriu os olhos. Sofia apertou-o ainda mais forte.

– Me diga que está bem, me diga que está bem! – berrou entre lágrimas.

– Estou bem... Se você não me estrangular – murmurou ele, com a voz alquebrada.

Sofia soltou-o e olhou seu rosto, cheia de alívio.

– Eu o vi no chão, vi aquele monstro atingindo você e...

– Algo me protegeu – disse o professor, baixo. – Não sei o quê.

Foi naquele momento que Sofia notou a velha. Estava em pé perto deles e mexia nervosamente as mãos sob a neve.

– Foi você? – perguntou Sofia.

– Você está falando com quem? – interveio o professor.

– Com aquela velha. É uma espécie de espírito, eu acho.

Ele olhou-a, perplexo.

– Que velha?

– Professor, tem certeza de que está bem?

– Sim – respondeu, cada vez mais confuso.

– Nem todos podem me ver – disse, àquela altura, a velha. – Somente indivíduos particularmente sensíveis, ou os como você e minha filha.

– Sua filha?

– É por causa dela que ainda estou neste mundo e foi ela que me disse onde estava a chave.

– Idhunn! É ela sua filha!

– Sofia, com quem você está falando? – perguntou o professor.

– Você não pode vê-la, professor. É a mãe de Idhunn.

– Onde? Onde está? – Ele tentou se levantar, mas parou, enquanto um lamento escapava de seus lábios.

Só então Sofia se deu conta de que ele tinha um corte comprido na perna. O sangue escorria em grande volume, manchando a neve.

– Não se mexa, professor, você está machucado!

– Não é nada...

– Você tem que pegar a chave de volta – disse a velha, aproximando-se. – Você tem que pegá-la de volta! Dá acesso à nogueira, e lá está a última herança da minha filha, o motivo pelo qual esperei por séculos. Não pode cair nas mãos erradas.

– Antes tenho que cuidar dele – afirmou Sofia com convicção e pegou o professor pelo braço, tentando levantá-lo.

– Sofia, não é nada... E você deve segui-los – protestou ele.

– Você não pode me pedir para deixá-lo aqui machucado e ir embora – replicou Sofia, levantando-o sem escutar mais nada. Ele pesava, mas ela se esforçou para levá-lo para fora, abrindo o portão com o galhinho de sempre que rapidamente fez brotar de seu indicador. Ninguém por lá. E aquele silêncio, que antes a enfeitiçara, agora lhe dava apenas medo. O carro parecia um monstro adormecido, que ela não tinha ideia de como acordar.

– E agora?

– Me deixe no carro – disse o professor, apoiando-se na lateral. – Com um pouco de descanso tenho certeza de que conseguirei dirigir.

– Está fora de cogitação.

Sofia olhou ao redor. Apenas silêncio e neve.

– Segure firme, professor. Vou levá-lo ao hospital – disse, e se concentrou. As asas surgiram em suas costas, e a dor na ferida apareceu imediatamente, vivíssima. Agarrou o professor pelos pulsos e começou a bater as asas. Nada aconteceu. Então o segurou por trás, os braços apertados ao redor do peito dele, debaixo das axilas, e tentou novamente. Desta vez, conseguiu atingir um escasso meio metro de altura.

– Você nunca vai conseguir, eu sou pesado e... – objetou ele.

– Não me distraia. – Sofia bateu as asas com ainda mais força, e a dor a espetou de novo. Mas, por fim, conseguiu ganhar altura de voo. Um metro de cada vez e com enorme dificuldade, mas conseguiu. O ar gelado e a neve chicoteavam seu rosto enquanto ganhava velocidade. O professor pesava de verdade e, com medo de perdê-lo, enrolou-o em uma rede de cipós, formando uma espécie de ninho. Fixou-o em volta da cintura. Suas costas doíam, mas pelo menos ficava com as mãos livres.

Voou em boas condições, porém não em direção ao hospital e sim ao circo. Achou que, ali, o professor teria todo o necessário para se tratar, e uma gota da seiva da Gema valia mais que o desempenho de mil médicos. Aterrissou um pouco afastada do trailer que ele ocupara naqueles dias, tomando cuidado para que ninguém os visse. Recolheu as asas, e a ferida lhe enviou uma última faísca de dor. Nevava mais densamente agora.

Fez sumir os cipós e pegou o professor nos braços. Estava pálido, e o tecido da calça encharcara-se completamente com o sangue. Levou-o para dentro e acomodou-o com cuidado na cama.

Um salto no escuro

– Vá, Sofia – disse ele. – Você fez o que tinha que fazer. Agora, pelo amor dos céus, vá embora!

Sofia permaneceu parada. A missão, os acontecimentos da noite, até mesmo Fabio haviam desaparecido assim que vira o professor no chão. No entanto, agora a realidade voltava a correr na velocidade normal e recomeçava a sentir sobre os ombros o peso da tarefa que a esperava.

– Não se arrisque a se mexer daqui, estamos entendidos? – tentou dizer em tom brincalhão. – Quando nos reencontrarmos, amanhã, o fruto estará comigo – acrescentou, séria.

– Não duvido disso. Mas agora vá, vá! – incitou-a o professor.

Sofia respirou fundo, então saiu. Somente quando alcançou o limite do campo evocou as asas. Estava pronta para levantar voo quando ouviu alguém chamar. Deteve-se. Se alguém do circo houvesse acordado e a visse com as asas de dragão nas costas, seria uma tragédia. Em um instante ponderou as possibilidades que tinha: era melhor fugir ou tentar explicar?

– Não está se esquecendo de ninguém?

Lidja acordara no meio da noite. Percebeu logo que lá fora algo havia acontecido. Demorou-se só um pouco no espetáculo da cidade nevada. Sentia-se decididamente melhor, e não combinava com ela esperar, nem deixar Sofia fazer todo o trabalho sozinha. Enfiou as botinas, enrolou-se em um cachecol e colocou um boné da cabeça, então saiu e deu de cara com a amiga.

– Lidja! – exclamou Sofia, com um alívio evidente. Então, lembrou que, até algumas horas antes, ela ardia em febre. – Lidja! – repetiu em tom de repreensão. – O que você está fazendo aqui?

– O nosso trabalho deve ser feito em equipe, lembra? – respondeu ela.

– Sim, mas você está com febre – objetou Sofia.

Lidja pegou uma das mãos de Sofia e a colocou na própria testa. Estava fresca.

– Estou curada. Mas o que você está fazendo?

Sofia contou-lhe rapidamente o que ocorrera.

– Tem certeza de que ele vai ficar bem? – perguntou Lidja, preocupada com o professor.

– Se a seiva da Gema cuidou de você, funcionará com ele também.

Lidja tinha que dar razão a ela.

– Vamos nos apressar, então. Vamos.

Aterrissaram na praça em frente à mansão. A cidade estava deserta. Apressaram-se pelo caminho, os sapatos escorregando na neve fresca.

Sofia não lembrava exatamente a que altura ficava o obelisco, por isso prosseguia olhando para a direita e para a esquerda.

Enfim, o viu surgir de uma pracinha lateral, atrás de uma fonte congelada. Havia passado ali muitas vezes, e não lhe parecia diferente do normal. O obe-

Um salto no escuro

lisco, pequeno e, no geral, discreto – pelo menos se comparado aos gigantes que vira em Roma –, parecia caído lá no meio por acaso, entre aquela fonte moderna e os prédios nos fundos. Atrás dele havia até mesmo o letreiro de uma loja de esporte.

– Ainda não chegaram! – disse, animada.

A amiga parecia mais cética. Fitava o obelisco com olhar crítico.

– Lidja, garanto que parece absolutamente idêntico a como era antes. Não vejo nada de estranho.

Lidja começou a circular ao redor do monumento.

– Nada de estranho, é?

Sofia alcançou-a. A base de pedra na qual o obelisco se apoiava estava aberta e, para além da pequena abertura, via-se apenas uma escuridão densa e nada encorajadora.

– Já entraram – murmurou, e sentiu a boca secar no mesmo instante.

– Agora é a nossa vez – disse Lidja e, sem um segundo de hesitação, enfiou a cabeça na abertura. Um rápido movimento das pernas e ela desapareceu na escuridão.

Sofia apertou os lábios. Lidja tinha sido imprudente; se houvesse alguém à espreita, poderia atingi-la.

Ficou de quatro e imergiu na escuridão. Um forte cheiro de mofo tomou sua garganta, junto com uma sensação de sufocamento. Não se via absolutamente nada, como se atravessar aquela soleira significasse perder a visão. Começou a respirar de modo descompassado.

– Não devo ter medo, não devo ter medo...

Os quadris tocaram as bordas da passagem, enquanto as pernas roçavam o chão. Foi necessário um último, leve empurrão, e sentiu-se arrastada para baixo. Gritou com todo o fôlego que tinha nos pulmões ao cair.

15
O retorno da nogueira

– Sof?... Sof!
Sofia levantou-se, ofegando. Ainda sentia no estômago a terrível sensação da queda. Tudo fora tão repentino que não tinha conseguido nem abrir as asas. Mas a aterrissagem, felizmente, havia sido macia. Caíra sobre algo que, ao tato, assim que apoiou as mãos para se levantar, pareceu quase algodão.

– Onde estamos? – sussurrou, preocupada.

– Não faço ideia. Perto da árvore, espero – respondeu Lidja, com a mesma preocupação na voz.

Ajudou-a a se levantar, enquanto Sofia olhava ao redor. Névoa por toda parte. Muito densa, quase se podia tocar nela. E um cheiro penetrante de mofo. Fitou os pés, e a cabeça começou a rodar. Pareciam não estar apoiadas em nada. Não se via o terreno, nem forma alguma de piso. Foi acometida por vertigens e teve que se apoiar no ombro da amiga. Claro, tinha aprendido a deixar de lado aquele antigo medo que levava com ela desde o nascimento, mas a ideia de estar literalmente suspensa no *nada*, bem no meio de *coisa nenhuma*, era decididamente demais.

– Eu sei, é uma sensação ruim – disse Lidja. – Mas algo de sólido debaixo dos pés nós temos, ou não poderíamos estar em pé.

– Lá há uma espécie de luz – notou Sofia.

Era um clarão vago e indistinto, muito longe de onde elas estavam. Parecia uma tocha distante que, com dificuldade, tentava abrir caminho entre a neblina.

– Vamos ver do que se trata – sugeriu Lidja.

Apressaram-se em direção à luz, mas era como em um pesadelo, em que você corre, corre e está sempre parado no mesmo lugar. Não havia, em volta, nenhum ponto de referência que lhes desse a consciência de avançar, e seus passos não pareciam fazer barulho.

– Esta não pode ser a realidade – gemeu Sofia.

– Pelo menos não a realidade com a qual lidamos todos os dias – replicou a amiga.

Sofia olhou-a, interrogativa.

– Aquele obelisco devia ser um portal, um portal para outra dimensão, ou outro mundo, como preferir – prosseguiu Lidja. – E nós entramos. Por isso não encontrávamos a nogueira: não estava fisicamente em Benevento, mas em uma dimensão paralela.

Sofia achou que isso explicava muitas coisas, mas não atenuava nem um pouquinho a ânsia que sentia.

O retorno da nogueira

Aos poucos, o clarão mudou de aspecto. Primeiro ficou mais límpido, depois a neblina se rareou em filamentos espectrais. Enfim, um espetáculo desolador surgiu aos olhos delas.

Era uma pequena clareira que se abria, de súbito, no nada leitoso que as circundara até aquele momento. A terra era árida e sulcada por rachaduras. Finos arbustos esturricados mal se levantavam do solo, entre pedras e espinheiros já mortos. E, no meio daquele cenário, o tronco abatido de uma árvore que, originalmente, devia ter sido enorme. Agora, restavam apenas a casca e um pouco de madeira seca, enquanto a parte interna parecia ter sido esvaziada por vermes. Porém, embora fosse a imagem clara da morte, Lidja e Sofia perceberam todo o poder secreto dela. Sentiam-no passar, fraco, pelas raízes ressecadas, sob aquela terra rachada, sentiam-no bater fracamente no ritmo de seus corações. E, pelo desenho de suas veias sepultas e esquecidas, de algum jeito a vida procurava um caminho: um fio de grama solitário, um broto deprimido, uma flor doente. Não tiveram nenhuma dúvida, porque foi o coração a lhes dizer: lá estava o fruto.

Lidja segurou o braço de Sofia.

– Estão aqui!

Ratatoskr e Fabio estavam ao lado da árvore. Rodeavam-na com velas negras que emitiam clarões obscuros, como o raio que havia ferido o professor.

Ratatoskr, com os olhos fechados, recitava uma misteriosa ladainha, cheia de palavras e sons horríveis. Fabio estava em pé ao seu lado e tinha algo na mão: uma ampola cheia de um líquido escuro.

Sofia irrompeu em um grito:

– Parem!

Ratatoskr e Fabio se viraram na direção dela.

Ratatoskr arreganhou os dentes, e flechas negras partiram de suas mãos.

Foi Lidja quem salvou Sofia. Levantou uma pedra com a mente e usou-a como escudo para ela. O raio negro despedaçou-a com um estrondo. Sofia sentiu as farpas, como projéteis, passarem bem próximo à sua cabeça.

– Cuide de Fabio – disse Lidja, lançando-se ao ataque.

Partiu de cabeça baixa, com fúria, as asas cada vez mais consistentes em suas costas. Levantou pedaços de terra inteiros e arremessou-os, com todas as suas forças, em Ratatoskr. As árvores ao redor começaram a tremer, sacudidas até as raízes pelos poderes da menina. Mas Ratatoskr não pareceu se preocupar. Estava envolvido por um casulo de chamas negras que o protegia de qualquer ataque. Imóvel no centro daquela barreira, um dos braços estendido para a frente, lançava tétricas labaredas que despedaçavam, uma por uma, os projéteis que Lidja arremessava nele.

O retorno da nogueira

— Fabio! — berrou com todo o fôlego que tinha no corpo, um grito que ressoou como um rugido.

Fabio estava imóvel, a ampola em uma das mãos. Parecia indeciso. Sofia correu em sua direção. Sabia que precisava atacar, que era a coisa mais sensata a fazer.

"Antes torne-o inofensivo, depois tente convencê-lo", dizia-lhe uma voz decidida. Mas não podia.

— Coloque a ampola no chão — irrompeu ela em um tom trêmulo. Uma das mãos estendida na frente, pronta para o ataque.

Fabio virou-se para olhá-la.

— Coloque-a no chão, o que quer que contenha.

Ele sorriu, feroz.

— Não sei quem é você, mas com certeza não tem títulos para me dar ordens.

Inclinou o pequeno frasco devagar: o líquido preto escorreu perigosamente pelas paredes de vidro.

Sofia, então, lançou um de seus cipós e agarrou, no mesmo instante, a ampola, detendo o vazamento da substância. Mas Fabio não foi menos rápido. Uma chama viva e vermelha percorreu de trás para a frente o cipó, e Sofia conseguiu largá-lo justamente a tempo de não se queimar. Deu uma guinada de lado, mas outra labareda foi ao seu encontro. Foi obrigada a rolar no chão.

— Nem tente. Ninguém pode me deter ou dizer o que devo fazer, está claro? — berrou Fabio.

— Mas você deixa Nidhoggr lhe dar ordens — replicou Sofia, levantando-se. — E obedece Ratatoskr.

Fabio ficou incerto de novo, a ampola apertada convulsivamente entre os dedos.

— Você não é um deles — tentou dizer Sofia. — Nunca foi.

— Eu traí vocês — rebateu ele, com os dentes cerrados. — Fiz outra escolha, uma escolha que confirmei há algum tempo. E sabe de uma coisa? Não me arrependo de jeito nenhum.

Um novo raio e mais chamas, chamas por toda parte. Sofia levantou voo, a ferida sofrida no teatro romano ainda queimando. Tentou se defender como podia e lançou seus cipós para prender Fabio em uma armadilha. Mas ele era rápido demais e conseguia evitar todos os ataques. Evocou as asas, douradas, apertadas nos cordões metálicos dos enxertos de Nidhoggr. E, por um instante, Sofia o viu: Eltanin. O *verdadeiro* Eltanin. E se lembrou.

Quando chegou, o dragão dourado já estava no chão, as escamas encharcadas de sangue. Thuban fitou com horror suas feridas: uma asa quase completamente rasgada, mordidas e arranhões por todo o corpo e um profundo rasgo no abdome, de onde o sangue jorrava. Mas foi o olhar que partiu seu coração.

Vira-o ir embora poucos meses antes, vira-o combater seus irmãos dragões, sempre ao lado de Nidhoggr, sempre

O retorno da nogueira

na primeira fila, ansioso por massacres e morte. No entanto, agora, era como se nada daquele horror tivesse acontecido. Porque o jovem dragão olhava-o, ansiando piedade. A ele, que não fora capaz de protegê-lo e de convencê-lo da bondade de seus motivos; a ele, que deixara ir embora, que não soubera mantê-lo ligado a si.

Thuban gritou para o céu a própria dor e chorou todas as lágrimas do mundo.

– Você tinha razão – sussurrou o dragão, agonizante. – Você tinha razão, e eu sempre fui um bobo, um burro impulsivo.

– Não diga isso, é culpa minha se você está assim agora – replicou Thuban.

Porém, o outro apenas balançou a cabeça. Seus olhos estavam escurecendo.

– Fui eu que o conduzi à Árvore do Mundo – disse em um sopro, e lágrimas de sangue desceram de seus olhos. – Eu...

Thuban encostou o focinho no do antigo companheiro.

– Nidhoggr o aliciou, o convenceu.

– Isso não me absolve. Serei eternamente um maldito, como é justo que seja.

– Você estará sempre no meu coração, e sabe disso – murmurou Thuban. – E, no fim, você entendeu, caso contrário não estaria aqui.

O olhar do dragão dourado clareou um pouco.

– Uma coisa, porém, eu consegui fazer – disse, baixo. – O fruto... O fruto está a salvo. – Uma expressão de beatitude esticou os traços contraídos pela dor. – E, enquanto

pelo menos um dos frutos estiver a salvo, Nidhoggr não poderá vencer.

As lágrimas de Thuban se misturaram com o sangue do amigo. Eltanin havia voltado, Eltanin era de novo um deles.

— Agora me deixe ir — sussurrou o dragão dourado.

— Você não vai embora. Você, como todos nós, viverá. E um dia voltará.

Eltanin olhou-o sem entender.

— Os homens preservarão a lembrança de nós, os homens hospedarão nosso espírito, e um dia riscaremos novamente os céus — disse Thuban. E com as garras arrancou de sua testa o Olho da Mente.

O olhar de Eltanin se apagou, seu peito parou de mover-se no ritmo desigual da respiração agonizante. Mas seu espírito estava lá, e um homem o acolheria. Assim, Eltanin nunca morreria.

Foi a coluna de fogo que vinha ao seu encontro que trouxe Sofia de volta a si. Deu uma guinada para o lado, então evocou o máximo de cipós que pôde. Alguns acabaram queimados pelo fogo de Fabio, mas os que alcançaram suas asas foram suficientes para detê-lo. Viu-o cair, e ela também desceu. Paralisou-o no chão, apertando as mãos nos ombros dele, o joelho esmagando-lhe o peito no solo.

— Você acreditou novamente! — gritou na cara dele. — Não pode ter se esquecido disso! No final, morreu combatendo e salvou todos nós, salvou o fruto! Este não é seu destino!

Fabio olhava-a com raiva, porém não havia só isso em seus olhos. Havia um vestígio de consciência, a sombra de uma lembrança antiga e uma dúvida.

– Seu burro, o sangue! – ouviram Ratatoskr berrar. – Derrame o sangue!

O olhar de ambos concentrou-se na ampola, suspensa entre o indicador e o polegar da mão direita de Fabio, no chão. Bastou afrouxar um pouco a pegada. Quase não pareceu um ato voluntário.

– Não! – gritou Sofia, mas o sangue negro de Nidhoggr já havia molhado o solo.

Seu grito se perdeu no vento, que se levantou fortíssimo e inesperado. Varreu a névoa, revelou a desolação de um panorama espectral, e a nogueira refloresceu no mesmo instante. Contudo, a vida que habitava nela não era saudável e exuberante. Sua casca era preta como piche, seus galhos secos eram percorridos por uma seiva escura e mortífera, e suas folhas eram afiadas como espinhos, cortantes como navalhas. Um poder obscuro se desprendeu dos galhos e, de súbito, em tudo ao redor apareceu Benevento, a mesma cidade debaixo da neve que Sofia e Lidja tinham deixado somente uma hora antes. A nogueira não estava mais escondida aos olhos do mundo, ela havia voltado para a Terra. Suas raízes percorreram as ruas, arrancaram as placas de basalto e furaram o asfalto, jogaram sementes obscuras aonde quer que chegassem. Árvores retorcidas e pretas surgiram dos cruzamentos, as praças foram colonizadas por plantas estranhas e doentes, os prédios se cobriram de musgos arroxeados e longos cipós pretos. A neve cândida, no chão, se tingiu de vermelho, e flocos escarlates começaram a cair do céu, até a cidade inteira ser coberta por um manto de vegetação grotesca, horrível e maligna.

Então, um único relâmpago negro escureceu tudo. Sofia escutou o próprio grito, e mais uma vez, e mais uma vez, até tudo se desfazer, e perdeu a consciência de si.

16
Diante um do outro

Fabio sentiu-se subitamente liberado da pegada de Sofia. Algo a arremessara longe. Percebeu o chão tremer atrás de si. Tudo em sua volta era assustador, absurdo. O céu luminoso de forma não natural, a neve vermelha de sangue, e aquelas árvores que brotavam por toda parte, horrendas, pretas, perversas.

– O que eu fiz?

Não tinha sido um gesto completamente voluntário. Fora um reflexo, ou a tentativa extrema de acabar com as palavras daquela menina diante do que sobrava da nogueira.

Mas agora nada mais tinha importância, e diante do medo qualquer outra coisa empalidecia. No estrondo do asfalto que se partia, das raízes que arrancavam as grandes pedras do pavimento, ouviu Ratatoskr rir de maneira selvagem. Então, um relâmpago negro cegou Fabio, mergulhando o mundo na sombra.

Sentiu-se desmaiar e desejou poder encontrar refúgio na inconsciência. Mas alguém o agarrou pelo cangote, apertando-o contra si.

– Fique comigo, ainda preciso de você – gritou Ratatoskr em seu ouvido, apertando-o ao próprio corpo com o braço.

Fabio permaneceu consciente, viu a nogueira se levantar em direção ao céu, viu suas folhas afiadas ferirem as nuvens, viu-a retomar posse daquela terra que uma época havia sido sua.

Tremeu e tentou se desvencilhar, mas o braço de Ratatoskr era forte.

– Não há nada a temer, é seu Reino que ressurge. Olhe, porque essa é apenas uma pálida sombra do que acontecerá quando nosso Senhor voltar para a Terra.

Então, a imagem clareou de repente. Uma única gota de luz se insinuou em toda aquela escuridão e, sozinha, foi capaz de difundir um clarão sutil. A casca coriácea e escura da nogueira pareceu se abrir, revelando um coração luminoso. Depois de toda aquela escuridão, os olhos de Fabio custaram a se acostumar, mas naquele clarão se delineou uma figura. Magra e esbelta, emergia, pouco a pouco, da polpa na nogueira, a imagem de uma moça. Devagar, desenhava-se o perfil da simples túnica branca que usava, enquanto as pregas do tecido cândido se definiam naquela luz cada vez mais quente e tranquilizadora. Uma faixa de ouro fina envolvia seu seio, e os braços estavam nus de qualquer ornamento. Longos cabelos castanhos e olhos fechados. Parecia adormecida. As mãos cruzavam-se na altura do seio, como se escondessem algo, algo luminoso, quente e benéfico.

Fabio sentiu uma imensa sensação de paz, e todo o medo de pouco antes sumiu no mesmo instante.

"Idhunn!"

Era o nome da moça, e só de pensar nele seu coração se encheu de uma doçura que nunca havia percebido antes, tanto que sentiu lágrimas escorrendo de seus olhos. No entanto, não a conhecia. Não tinha memória de seu corpo esguio, nem de seus olhos castanhos, que aos poucos se abriam. Mas sentia ser ligado a ela por algo e amava-a, sim, amava-a como amara somente sua mãe, nos tempos remotos em que a vida ainda podia ter doçura.

Os olhos dela se abriram quase completamente e cruzaram os seus: para Fabio, pareceram iluminados por um lampejo de compreensão, como se aquela moça o reconhecesse. Era um olhar repleto de afeto e saudade, o olhar de quem por fim se reúne com alguém muito amado, de quem fora separado por tempo demais.

Por um instante, pareceu-lhe que Idhunn fosse estender uma de suas mãos para ele, sorrindo. Então, enfim foi capaz de ver o objeto que apertava no seio: um globo imensamente luminoso, resplendente, de reflexos dourados.

Os dedos da moça, porém, se partiram contra uma barreira invisível, explodindo em terríveis raios negros. Do nada, materializou-se em volta dela uma gaiola de flechas obscuras, que lhe impediram de sair do núcleo da nogueira. Seu sorriso se transformou em uma expressão de dor, seus olhos se apertaram, e de sua boca saiu um grito desesperado.

O clarão que emanava de sua figura se apagou, e Fabio pôde ver, em sua plenitude, a floresta terrível que havia infestado Benevento.

Finalmente Ratatoskr o soltou. Caiu no chão, incapaz de desviar o olhar de Idhunn, que se contorcia na gaiola. Todas as vezes que seu corpo tocava as barras, irrompiam faíscas negras. Urrava de dor, uma das mãos convulsivamente apertada ao redor da cabeça, a outra segurando o globo luminoso: ainda brilhava, era a única luz naquele panorama de trevas.

Fabio virou-se de repente para Ratatoskr.

– Liberte-a!

Ele sorriu com crueldade.

– Fique calmo, daqui a pouco tudo terá acabado.

Fabio o ameaçou com uma de suas lâminas, fincando-a em sua garganta.

– Eu disse para libertá-la!

Ratatoskr continuava a dar risadinhas.

– Você não pode fazer nada contra mim. Não aqui. Este território é meu, aqui sou eu que mando. Olhe-o bem, porque este será o mundo quando Nidhoggr voltar.

Diante um do outro

Fabio soltou-se dele e correu na direção da moça. Ele a libertaria, arrancaria as barras e a salvaria. Foi ao correr até ela que suas pernas se paralisaram de repente, e um gelo terrível percorreu seus membros.

17
Perdidas no bosque

A primeira coisa que sentiu foi uma fisgada na cabeça. Sofia levou uma das mãos à testa e tocou seu sinal: aquele gesto simples lhe devolveu lucidez e exacerbou suas percepções. Reparou o cheiro horrendo do ar, a dureza do chão sob suas costas, as gotas geladas que atingiam seu rosto. Então, abriu os olhos. O que viu provocou nela um arrepio de horror: acima de Sofia, um pedaço de céu lívido, emoldurado entre copas de árvores negras. Das nuvens caíam flocos de neve vermelha.

Levantou-se com dificuldade, a cabeça rodando vertiginosamente. Nenhum rastro da nogueira, nem da clareira onde se encontrava poucos instantes antes. Em vez disso, estava bem no meio de uma floresta surgida como por mágica no centro de Benevento. Entre os troncos retorcidos das árvores, entre os cipós e as samambaias monstruosas, viam-se pedaços de asfalto e prédios. Sentiu o medo abrir cami-

Perdidas no bosque

nho nela. Por que estava ali? Lembrava-se apenas de um lampejo de luz que a cegara. Provavelmente havia sido arrastada para longe no momento em que Fabio despejara o conteúdo da ampola. Naquele momento devia ter acontecido algo de espantoso.

Ao seu lado, jazia o corpo exânime de Lidja.

– Lidja! – gritou.

Inclinou-se sobre ela, e seu alívio foi imediato quando se deu conta de que respirava. Não tinha feridas visíveis, porém estava pálida e mantinha os olhos fechados. Tentou lhe dar tapinhas nas bochechas, mas sem efeito. Talvez com um pouco de água... Olhou ao redor; contudo, o bosque era muito denso e não parecia haver sinal de água.

Inclinou-se de novo sobre Lidja, sacudindo-a com força.

– Lidja, eu imploro, acorde! Aconteceu algo terrível!

Os lábios da amiga se mexeram...

– Você está me machucando – sussurrou. Então abriu os olhos.

Sofia abraçou-a.

– Você me assustou tanto! Como está?

– Fraca, mas vou me recuperar, me dê a mão.

Sofia ajudou-a a se sentar, e Lidja enfim viu o gélido cenário congelante que as rodeava.

– Isto é Benevento? – perguntou, incrédula.

– Acho que sim. Estamos no caminho que vai do centro à zona onde está acampado o circo. Reconheço os prédios, os que ainda podem ser vistos. Estamos muito longe de onde estávamos.

– O que aconteceu?

– Sei tanto quanto você. Fabio fez algo à nogueira, e este é o resultado. – Sofia hesitou. Era preciso coragem para fazer a pergunta que a obcecava naquele momento. – Você acha... acha que ele voltou?

Lidja balançou a cabeça.

– Você está louca? Não pode voltar. Ainda não está forte o suficiente. O lacre de Thuban está enfraquecendo, mas não tão depressa. Não, deve ser culpa do fruto de Eltanin.

Levantou-se e limpou o fundilho da calça. Parecia segura de si, e Sofia ficou grata por isso, porque ela, ao contrário, estava aterrorizada.

– E então?

– Não sei. Há um instante eu estava lutando contra aquele sujeito e fui cegada por aquela luz. Depois a, escuridão, até você me acordar.

– Mas agora estamos em Benevento. Portanto, supondo que a sua teoria sobre a dimensão paralela seja verdadeira, a nogueira, de algum jeito, deve ter voltado para a nossa realidade, porque esta *é* Benevento.

Lidja concordou.

– Fabio despejou o conteúdo daquela ampola – prosseguiu Sofia, com ar vagamente culpado. – Tentei detê-lo e tinha certeza de ter conseguido, de tê-lo convencido, mas aí...

— Não estou acusando você de nada — interrompeu Lidja, levantando uma das mãos. E acrescentou logo: — Então, este é o efeito do rito que Fabio e o outro sujeito...

— Ratatoskr — pontuou Sofia.

— Ratatoskr, concluíram perto da nogueira. Trouxeram-na de volta à nossa realidade, mas com ela veio esta... esta... — Lidja olhou em volta — ... floresta — concluiu.

— E agora?

— Agora precisamos encontrar a nogueira. Você também sentiu, o fruto está lá. Então, é até a nogueira que devemos ir. Sugestões sobre a direção a tomar?

Sofia olhou ao redor, depois balançou a cabeça. A última lembrança que tinha era a nogueira afundando as raízes na rua, mas não conseguia lembrar que prédios estavam atrás.

— Perfeito, nem eu — admitiu Lidja. — De todo modo, havia pedras angulosas no chão, disso nós lembramos, por isso deve estar justamente no centro da cidade.

Moveram-se naquela direção, tentando se orientar. Mas Benevento estava quase completamente irreconhecível. As poucas ruas que se entreviam despontavam a duras penas entre cipós e troncos de árvore. Em meio a galhos e folhas, emergiam luzes suspensas e lampiões, que jogavam o pouco de claridade que permitia a Sofia e Lidja se movimentar naquele lugar devastado.

Algumas ruas ainda estavam visíveis, mas, com frequência, as duas eram interrompidas por árvores bloqueando a passagem e traçando suntuosas trilhas através da cidade. Com frequência tinham que escalar ou superar raízes salientes. Por duas vezes Sofia esteve a ponto de cair.

De vez em quando, o panorama de repente abria-se em clareiras atingidas pela neve vermelha. Ao redor, mais árvores amontoadas umas sobre as outras.

– Não está achando tudo muito silencioso? – observou Lidja por um instante.

– Por quê? Existe alguma coisa que lhe pareça normal aqui? – replicou Sofia, ultrapassando um tronco despedaçado.

– Quero dizer que não há ninguém por perto.

Sofia parou.

– É de madrugada...

– Sim, mas as árvores brotaram do nada, arrancaram a pavimentação da rua – objetou Lidja, indicando uma pedra da qual saía uma raiz. – Tudo isso fez barulho.

– Você tem razão. Onde estão todos? – perguntou-se Sofia, com um arrepio.

Teve a resposta pouco depois. Havia alguém encostado em uma árvore. Correu imediatamente até ele.

– Com licença, com licença!

Deteve-se assim que chegou a poucos passos. Ele estava sentado, as costas apoiadas em um tronco, as mãos abandonadas nas pernas. Parecia não tê-la escutado.

Sofia sacudiu seus ombros.

– Com licença.

Ele escorregou de lado. E ela gritou. Lidja alcançou-a imediatamente. Sofia não conseguia parar de gritar. O homem estava com os olhos fechados e não dava um sinal de vida.

– Fique calma, ele está dormindo! – disse Lidja, mas teve que a sacudir para que ela parasse. – Só está dormindo – insistiu.

Sofia olhou ao redor, perdida. A porta de uma casa estava encostada. Dela saía uma arvorezinha com o tronco retorcido, mas havia espaço suficiente para entrar.

Entrou, temerosa. Atrás de si, ouvia os passos cautelosos de Lidja.

A casa estava destruída. Troncos de árvore brotavam do chão e se enfiavam no teto, às vezes levando com eles parte da mobília. No quarto, um casal profundamente adormecido. Havia uma criança também, suspensa entre dois galhos, no quarto ao lado.

– Todos dormem – sussurrou Sofia.

Lidja suspirou.

– Talvez seja bom.

– Sim, mas não é um sono natural.

– Pelo menos não temos pessoas em pânico circulando pelas ruas ou uma cidade inteira exterminada.

Sofia teve que dar razão a ela.

– De todo modo, agora temos que encontrar a nogueira – disse, procurando ostentar uma segurança que não tinha.

Foram em frente.

Orientar-se não era nada fácil, e logo perceberam que estavam perdidas. Deram-se conta disso quando viram a lona do circo delinear-se lá longe.

– O professor! O professor está lá! Ele saberá nos dizer o que fazer! – exclamou Sofia, dirigindo-se sem hesitação em direção à entrada.

Não havia ninguém por lá. A lona estava furada em mais de um ponto por duas árvores, e o trailer de Mínimo tinha acabado em cima de um galho. Alguns outros tinham sido inclinados pelas raízes despontadas do terreno, mas, de resto, tudo parecia como de costume. Sofia entrou imediatamente no trailer do professor.

Estava sentado na cama. A calça tinha sido cortada em volta da perna machucada, que estava fortemente enfaixada.

– Professor! – Sofia pulou ao seu lado. – O que aconteceu? O que temos que fazer?

Teve como resposta apenas um silêncio hostil. Como todos os outros, o professor Schlafen dormia. Parecia adormecido no sono dos justos, profundo e pacífico.

Sofia tentou sacudi-lo.

– Precisamos de você, professor.

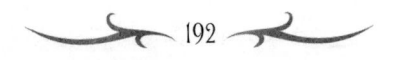

Ele limitou-se a escorregar de lado, quase se deitando na cama.

– Só nós estamos acordadas, Sof. – A voz de Lidja, atrás dela, era fria e segura. – Desta vez não podemos pedir ajuda a ele.

Sofia mordeu o lábio e contemplou o professor que dormia, tranquilo e *distante*.

– Não vamos conseguir sozinhas... Quero dizer, não sabemos o que aconteceu, não sabemos como fazer a cidade voltar ao normal e não sabemos nem onde foi parar aquela maldita nogueira!

Lidja não se deixou levar pela raiva.

– Mas temos que encontrar um jeito. – Pegou-a pela mão. – Nós somos as Draconianas, hospedamos os espíritos de Thuban e de Rastaban, e cabe a nós salvar o mundo de Nidhoggr. Ninguém mais pode fazê-lo no nosso lugar, essa é a tarefa que a sorte deu a mim e a você, é o nosso destino.

Sofia olhou-a com tristeza.

– Enquanto estamos aqui – continuou Lidja – nossos inimigos já devem ter pegado o fruto. Temos que ir embora.

Sofia permaneceu imóvel por mais alguns instantes. Não gostava da ideia de abandonar o professor, mas não havia alternativa.

– Vamos – disse simplesmente.

Saíram do trailer e tentaram percorrer novamente, de trás para a frente, o caminho que já haviam feito. Lidja lançou um olhar melancólico à lona furada. Sofia imaginou Alma, Martina e todos os outros adormecidos, alheios ao pesadelo que a cidade estava vivendo. Pela primeira vez, sentiu-se de fato diferente daqueles sortudos que atravessavam todo aquele horror no sono. Mas ela *sabia* que nunca poderia fechar os olhos como eles.

Estavam novamente fora, na floresta.

– Qual será o tamanho da nogueira? – perguntou Lidja.

– Muito grande, acho – respondeu Sofia.

– Então poderia ser vista do alto.

Bastou um instante para evocarem os poderes de Thuban e Rastaban. As asas brotaram das escápulas delas, porém, antes que pudessem levantar voo, Sofia sentiu o chão tremer. Era uma espécie de vibração surda, que retumbava no estômago.

Tudo aconteceu muito depressa. Grandes raízes despontaram do solo, enroscaram-se no ar e detiveram o voo de Lidja. Outra se enrolou em volta de seu tornozelo e empurrou-a para o chão novamente.

Sofia gritou e deu um passo para trás. Tropeçou em algo, caiu e... viu-a.

Uma flor gigantesca, a corola preta e brilhante que se enrolava ao redor de uma zona central vermelha como o sangue, repleta de presas afiadas. Lentamente puxava Lidja para si, que tentava se desvencilhar em vão. As presas da planta estalavam famintas.

Sofia evocou os cipós e enrolou-os fortemente em volta da flor, que reagiu agarrando seu tornozelo e levantando-a. Foi então que Lidja interveio: começou a golpear a corola com um denso monte de pedras arremessadas com a força do pensamento. Sofia aumentou o número de cipós apertados em volta da flor, enquanto, com a mão livre, evocava uma lança de madeira parecida com a que tinha usado contra Fabio, mas afiada nas bordas. Começou a agredir as raízes da flor, que prosseguiam sob o asfalto por metros e mais metros. Eram duríssimas, mas a cada batida começaram a ficar feridas, depois se despedaçaram uma a uma. Quando decepou a última, a flor começou a vibrar e a murchar. Sofia apoiou a mão no chão e se concentrou. O solo tremeu, e logo brotaram troncos verdíssimos, que envolveram a flor, esmagando-a em uma mordida implacável. Então houve silêncio.

– Você foi extraordinária – disse Lidja, colocando-se de pé novamente.

Sofia pôde voltar a respirar e, junto com o ar que voltava a encher seus pulmões, veio todo o medo que tinha expulsado durante o combate.

– De onde diabos isso saiu? Antes não estava aqui... – Interrompeu-se, de repente.

Chiados no bosque. As duas olharam ao redor, alertas.

– Até agora não tínhamos usado nossos poderes – disse Lidja, pronta a deter eventuais agressões. – É evidente que esse bosque agora percebe a potência de Thuban e de Rastaban e reage.

Nem acabara de falar quando dos arbustos brotaram dezenas de cobras. Eram pequenas, pretas e muito ágeis. Cobriam o terreno, disputavam-no, lambendo-o com as finas línguas vermelho-sangue, e avançam inexoravelmente na direção delas.

– Que droga, não... Cobras, não! – gritou Lidja, agarrando o braço de Sofia.

Sofia virou-se para olhar a amiga: estava aterrorizada e pálida como um fantasma. Nunca a vira assim. Sentiu-se perdida. E agora?

Assim que as pequenas cobras começaram a atacar seus sapatos, Lidja começou a gritar, histérica, batendo os pés no chão.

– Vamos subir! – gritou Sofia, recorrendo às asas. No início, teve que arrastar Lidja, mas, depois, ela também conseguiu abrir as asas. As cobras, embaixo, continuavam a se contorcer, sibilando, furiosas.

As duas meninas subiram ainda mais, a neve vermelha chicoteando seus rostos. Quando tentaram olhar para baixo, a cidade apareceu como uma massa única de folhas negras. O contorno das ruas era indistinguível, por toda parte se viam apenas as copas daquelas árvores malditas, nada que se sobressaísse naquele tapete de trevas. Era impossível identificar a nogueira no meio de toda aquela vegetação.

Sobrevoaram a cidade, tentando aguçar a vista.

– Nunca a encontraremos – deixou escapar Sofia.

– Você acabou de destruir uma flor carnívora gigante e vem me dizer que não é capaz de achar uma droga de árvore? Pare de ser derrotista – irrompeu Lidja.

Abaixaram-se, planando sobre a vegetação, até que algo surgiu diante delas. Parecia uma espécie de águia, só que a cabeça não era de ave, mas de réptil. Parecia um terrível meio-termo entre um lagarto e uma ave de rapina. Atirou-se com um grito estrídulo sobre Sofia, que instintivamente levou as mãos aos olhos.

Sentiu as garras do animal procurarem suas asas, a boca se esticando em direção à sua carne. Rolaram no ar e depois desabaram pesadamente no chão. Sofia tentou evocar os cipós novamente, mas o bicho não tirava as patas de cima dela, impedindo seus movimentos.

"Dessa vez eu não vou conseguir, dessa vez eu não vou conseguir...", disse a si mesma, desesperada.

Sentiu vagamente os dedos de Lidja procurando apertar as asas da monstruosa criatura, sentiu-a lutar para afastá-la enquanto as garras cobriam seus braços de arranhões.

Então, viu uma luz repentina, um último urro do animal, e, subitamente, Sofia estava livre.

Ficou estendida no chão, incrédula. Foi quando ouviu um barulho familiar, rítmico, e uma voz conhecida:

– Ela voltou! Ela voltou, e vocês têm que ajudá-la!

18
A história da velha

A velha estava diante delas em suas roupas humildes de costume, os pés enfiados nos tamancos de sempre. Todavia, seu olhar estava iluminado por uma consciência que Sofia nunca vira nela antes.

Lidja colocou-se imediatamente em posição de ataque.

– Pare onde está!

Sofia a deteve, tocando em seu braço.

– É uma amiga. É a velhinha de quem falei, a que salvou o professor de Ratatoskr.

– Minha filha voltou – disse a velha, em tom grave. – E vocês têm que ajudá-la.

– Do que está falando? – quis saber Lidja, confusa.

– Você sabe onde está a nogueira? – perguntou Sofia.

A velha concordou.

– Sinto-a com grande clareza. Minha filha está sofrendo...

A história da velha

– Nos leve até lá – exortou Sofia.

– Sof, não estou entendendo nada.

– Ela é a mãe de Idhunn – explicou Sofia, empolgada. – Me guiou ao lugar onde a chave estava escondida para abrir o portal que nos levou até a nogueira.

– Idhunn deve ter vivido algo como trinta mil anos atrás... Como ela pode... – A expressão de Lidja era cada vez mais perplexa. – Mas então você é um fantasma? – perguntou, dando instintivamente um passo para trás. Talvez ela gostasse mais de fantasmas que de cobras, mas não muito.

– Não sei o que sou realmente. Mas posso contar como virei isto. Enquanto isso, porém, vamos até a nogueira. Por favor, minha filha está em perigo.

Lidja olhou a velha e depois Sofia.

– Você confia nela? – perguntou, enfim. – Tem certeza de que não é uma aliada das serpes?

– Estou dizendo que sim. Além do mais, ela agora me parece até mais forte.

– É verdade – concordou a velha. – A volta de minha filha me reforçou. Agora, é como se eu estivesse viva novamente.

Sofia e Lidja arrepiaram-se. Então era mesmo um fantasma...

– Vamos – disse Lidja.

– Fiquem perto de mim – recomendou a velha. – Este lugar reage aos seus poderes, e eu posso defendê-las. Colocou a mão diante do peito, e uma finís-

sima barreira azulada materializou-se à sua volta.
– Para dentro – ordenou.
Sofia e Lidja obedeceram, até porque ouviam novamente aquele terrível chiado que escutaram quando apareceram as cobras.
– Voando chegaremos antes – disse Lidja, segurando a velhinha pela cintura enquanto asas rosadas brotavam de suas costas.
Levantaram voo no mesmo instante em que as cobras começavam e cobrir o terreno. E durante a viagem a velha contou.

Levei minha existência terrena mais de mil anos atrás, quando Romualdo era duque de Benevento, e ao longo do Sabato ainda se celebravam estranhos ritos, contra os quais bradava o bispo Barbato na igreja.

Por um longo tempo, eu não soube quem era Idhunn de fato. Para mim, era simplesmente Matilde, minha filha. Levávamos uma vida simples, sozinhas, eu e ela, e Matilde era tudo para mim.

Foi por acaso que descobri que, de vez em quando, de noite, ela se ausentava para ir sabe-se lá aonde fazer sabe-se lá o quê. De manhã, tinha profundas olheiras em volta dos olhos e o rosto chupado por causa de uma noite insone. Acontecia em todas as luas cheias.

Ela se justificava dizendo que, às vezes, tinha dificuldade para dormir. Mas uma mãe sabe, percebe quando a filha mente.

A história da velha

Por isso, uma noite eu a segui. A nogueira, a árvore maléfica de quem todos falavam, estava iluminada pela luz de dezenas e mais dezenas de velas. As moças não estavam nuas, como todos diziam, e não havia diabos nem gatos pretos. As moças cantavam em uma língua que eu não conhecia e adoravam a árvore, faziam preces e levavam oferendas.

Matilde estava entre elas, vestida de branco: parecia a líder. Estava lindíssima, a pele iluminada por uma luz nova, o olhar adorador. Idhunn era como a chamavam.

Na manhã seguinte, falei com ela, supliquei para que parasse o que quer que estivesse fazendo. Disse que a perseguiriam e a matariam.

Foi em vão. Contou-me uma história que eu não entendi, falando de uma árvore que havia perdido os frutos, de lutas entre animais mitológicos e de homens que defenderam aqueles frutos, os Guardiões. Mas eu sabia apenas o que nos dizia Barbato aos domingos na igreja e entendia somente que, embora aquelas moças não fizessem nada de mal, todos as rotulariam de bruxas.

De fato, foi o que afinal aconteceu. Foi Barbato em pessoa quem conduziu a multidão enfurecida, armada de tochas e gadanhos. Eu via a loucura nos olhos daqueles homens, e eles me davam muito mais medo do que as moças reunidas em volta da árvore à noite. Iam até a nogueira para derrubá-la.

Matilde, naquela noite, decidiu sair.

Supliquei para que ficasse e fugisse comigo. Se tivéssemos abandonado aquela árvore maldita ao seu destino, se tivéssemos escapado de Benevento... Ela não quis escutar nada. Estava tão decidida, tão linda e heroica em sua serenidade... Senti que não poderia viver sem ela, e lhe disse isso.

Não me escutou.

– O futuro do mundo depende daquela nogueira. Eu tenho que protegê-la, é o meu destino. Isso, porém, me impede de ficar ao seu lado. Mas um dia nos veremos novamente, esteja certa. – Tocou minha testa com a mão e me transmitiu algo: os poderes que possuo até hoje. Então foi embora. E eu nunca mais a vi de novo.

Depois da derrubada da árvore, não houve processos em Benevento. As moças que haviam adorado a árvore pareciam ter desaparecido no nada, e não tive mais nenhuma notícia de Matilde.

A doença me pegou um ano depois e eu a recebi como uma amiga. Porque era verdade, não podia viver sem minha filha. Desejei a morte, mas quando a escuridão me envolveu, de algum jeito percebi ainda estar no mundo. Não me lembrava de muita coisa, somente da promessa de Matilde. Eu não encontraria mais paz enquanto não a visse novamente. E, assim, meu espírito sobreviveu, vagando por séculos na cidade. De vez em quando, alguém me via e falava da velhinha de tamancos que aparecia à noite, perto do teatro romano.

Sofia e Lidja escutaram, arrebatadas, enquanto voavam sobre as copas das árvores já completamente cobertas de neve vermelha.

A história da velha

– Durante séculos, tive apenas a consciência de que esperava alguém – continuou a velha. – Pouco a pouco, esqueci até mesmo seu nome, mas não o amor que sentia por ela. Agora as lembranças voltaram. Lembro-me do que me disse de manhã depois que a vi no sabá. Minha filha era uma das inúmeras encarnações de Idhunn que, ao longo dos milênios, se revezaram ao redor da nogueira para protegê-la. Conheço os poderes que me transmitiu quando tocou minha testa, naquela última noite. Sei do fruto, de Nidhoggr e da Árvore do Mundo. E sei que foi ela que quis que eu ficasse aqui por todos esses séculos, para que a ajudasse e ajudasse vocês.

Seguiu-se um longo silêncio. Sofia pensou na potência daquele afeto, que manteve uma mãe ligada ao mundo por mais de mil anos.

"Meu destino é nunca ter um afeto como esse", disse a si mesma, com um aperto no coração. Então, pensou no professor, em como ele se despediu dela poucas horas antes, quando partira para a missão. "Mas eu o tenho." E sentiu seu peito inundar de calor.

– Chegamos – anunciou a velha àquela altura.

Lidja e Sofia planaram. Agora avistavam a nogueira e a minúscula planície diante dela. Lá estavam Ratatoskr e Fabio, perto da árvore. Então, viram uma flecha negra ir em direção a elas, rapidíssima.

19
A escolha de Eltanin

Fabio tinha certeza de que estava a ponto de morrer. A respiração parou em sua garganta, braços e pernas rígidos como mármore. Conseguiu enxergar apenas por mais um instante, depois tudo ficou preto. Naquela escuridão densa e pastosa, aos poucos foi se definindo a cabeça de uma serpente enorme, a boca cheia de presas abertas em uma risadinha feroz, os olhos vermelhos e maléficos. *Você é meu*, exultou Nidhoggr em sua mente, *finalmente você é meu*.

Fabio fechou os olhos. Quando os abriu, estavam privados de qualquer expressão e vermelhos. Seu rosto não exprimia emoção alguma. Virou-se, ajoelhou-se diante de Ratatoskr, um dos punhos tocando o chão.

Ratatoskr concedeu-se uma breve risada.

– Você nos fez penar bastante, menino. Achei que não conseguiríamos mais subjugá-lo e privá-lo da sua vontade. Erro meu: você é forte, mas nunca como meu Senhor.

Fabio não se mexeu, como se estivesse à espera de ordens.

– Vá até ela e pegue o fruto – exigiu Ratatoskr.

Fabio avançou devagar. Seus passos eram incertos, de alguma forma. Aproximou-se da nogueira, onde Idhunn continuava a se debater como louca. Estendeu a mão, envolveu-a no metal dos seus enxertos e penetrou com facilidade na gaiola onde a moça estava confinada. Quando estava lá dentro, os enxertos se retraíram, deixando sua mão nua. Assim que seus dedos estavam livres do metal, Idhunn parou de gritar. Olhou Fabio nos olhos. Sorriu.

– Eltanin... Você veio, afinal, exatamente como prometeu – disse.

Na mente de Fabio algo se acendeu. Um lampejo de compreensão, uma centelha de consciência que carregava a sombra de lembranças enterradas. Foi um instante. Depois, a escuridão retomou posse de seu espírito.

O sorriso se apagou no rosto de Idhunn.

– Não é você – murmurou, mas era tarde demais.

Os dedos de Fabio tocaram o fruto. Uma luz imensa envolveu a árvore e a pequena clareira.

– Não! – gritou Idhunn, mas o fruto escapou de suas mãos. Fabio apertou os dedos em volta do globo dourado.

Foi então que parte daquela luz, parte daquele poder tremendo e benéfico abriu caminho em sua mente transtornada. Lembranças. De uma cidade branca e lindíssima onde vivera tanto tempo antes. Mas, na época, não era um menino perdido e desesperado: era um dragão, um jovem dragão dourado e impetuoso. "Eltanin tomava conta da Árvore do Mundo." Lembrou-se de uma criança que brincava com ele na cidade dos dragões e de uma moça que passava com ele grande parte do tempo. Idhunn, a criança criada pelos dragões, pelos pais de Eltanin, em Dracônia. Idhunn, sua irmã. E as últimas palavras dela: "Só o darei a você, juro. Guardarei o fruto arriscando a minha vida, até você vir pegá-lo de volta." O rosto de Idhunn, riscado de lágrimas, na última vez que se viram.

Fabio sentiu-se submerso pelas recordações. Sua mão apertava o globo luminoso, do qual sentia emanar uma força benigna e desconhecida, que lhe transmitia uma paz nunca antes experimentada.

– Molhe-o com o seu sangue – disse a voz gélida de Ratatoskr.

"O que é isto? Por que Nidhoggr quer este objeto a qualquer custo? E quem sou eu na verdade?" Isso era o que Fabio queria dizer, mas sua boca permaneceu fechada. Seu corpo não respondia.

Sou eu que comando, não você! berrou uma voz em sua cabeça. Nidhoggr. Fabio sentiu-se dilacerado. Lembrou as palavras da serpe: "Você é o primeiro da

A escolha de Eltanin

sua espécie a quem deixo a vontade... Dei-lhe muito, e muito exijo em troca. Se você falhar, pegarei tudo de volta e, por último, tirarei sua vida."

Então isto havia acontecido: Nidhoggr agora controlava seu corpo, mas não sua consciência. Essa ficou para ele. A voz do senhor das serpes continuava a ecoar em sua mente: *Está quase acabando. Só preciso de um pouco do seu sangue e depois, finalmente, poderei me livrar de você.*

Fabio tentou resistir, não queria machucar aquela moça a quem se sentia profundamente ligado, porém uma fisgada de dor lancinante atravessou sua cabeça. Gritaria, mas sua boca ficou lacrada, mais uma vez. Viu-se evocando uma lâmina, que brotou de sua mão direita. Passou-a em um dos dedos que apertavam o fruto. Sentiu a dor, depois viu seu sangue escorrer e molhar o fruto. De algum jeito o esplendor do objeto diminuiu. O fruto tremeu e Ratatoskr exultou.

– Traga-o para mim, vamos – disse. Segurava nas mãos uma bolsa de veludo aberta.

Fabio tentou retomar o controle do próprio corpo. *Acabou, é inútil resistir*, disse Nidhoggr em sua mente. Mas ele insistiu, embora isso lhe provocasse um sofrimento infinito. Por dentro, berrava e berrava, de raiva e desespero. Aos poucos, sua vontade conseguiu abrir uma brecha no controle imposto pela serpe e as pernas paralisaram.

– Mexa-se, servo! – ordenou Ratatoskr.

Nidhoggr gritou outra vez na mente de Fabio, mas novamente ele resistiu. Resistiu o quanto era possível a um ser humano, e mais ainda. Todavia, no fim, a serpe ganhou vantagem de novo. Com horror, Fabio reparou que um dos pés se levantava, depois outro. Estava tudo acabado mesmo...

Foi quando as viu chegar. As duas meninas que eram como ele voavam alto no céu, no limite de seu campo visual, e uma delas segurava outra pessoa: a misteriosa velha que havia conhecido no teatro romano. Quis avisá-las, mas não podia nem mexer a cabeça. Apenas avançar.

Ratatoskr mal se virou para olhá-las, uma expressão irritada no rosto. Então se concentrou, e um relâmpago de luz negra encheu o ar.

Quando Fabio recuperou a visão, notou que as meninas estavam caindo. Batendo as asas freneticamente, conseguiram diminuir a velocidade da queda, porém bateram no chão com um estrondo que as aturdiu.

Enquanto isso, depressa, Ratatoskr disparara na direção dele.

– Incapaz! – sibilou. Então, colocou o fruto dentro da bolsa, tomando cuidado para não tocar nele. – Fim da história – acrescentou, com um sorriso perverso. E levantou voo.

No mesmo instante, Fabio percebeu que podia controlar o próprio corpo novamente. Talvez a presença de Ratatoskr fosse necessária para que

Nidhoggr pudesse possuí-lo. Tentou segui-lo, mas os enxertos metálicos o detiveram. Cresceram de forma desmedida, cobrindo seu corpo, e um tentáculo se enroscou em volta de seu pescoço. Enquanto ficava cada vez mais sem ar, ouviu Nidhoggr rir em sua mente. A voz era fraca e distante agora, como se viesse de uma distância infinita. *Se você tivesse atendido sua natureza e me seguido até o final, eu o teria poupado. Mas você escolheu os seus amigos outra vez: pois bem, terá o privilégio de morrer diante dos olhos deles. Adeus.*

Lidja e Sofia, enquanto isso, estavam se refazendo da queda e viram Ratatoskr levantar voo. Levantaram-se e evocaram as asas outra vez. A velha não se mexia. Em pé diante da nogueira, parecia de novo confusa.

Sofia rumou para o céu, mas então viu que os enxertos metálicos formavam um emaranhado indestrinçável em volta do corpo de Fabio. Ele estava sendo triturado. Tinha o rosto vermelho, a boca escancarada. Jogou-se sobre ele.

– Sof, o que diabos está fazendo? – gritou Lidja. A amiga já rodopiava a um metro do chão. – Aquele lá está escapando com o fruto!

– Fabio é um de nós – replicou Sofia.

– Ele nos traiu! Não temos tempo para ele.

Talvez fosse verdade. Talvez sua tarefa de Draconiana fosse apenas pegar o fruto. Sofia, porém, não conseguia fazê-lo.

– Não posso deixá-lo morrer – disse, enquanto já agarrava com as mãos os tentáculos metálicos no pescoço do rapaz.

– Que droga, Sof! – exclamou Lidja, voando no rastro de Ratatoskr.

Mas Sofia não a viu porque toda a sua atenção estava direcionada a Fabio, que havia parado de se mexer e parecia a ponto de perder os sentidos. Os tentáculos resistiam aos seus esforços. Decidiu mudar de objetivo. Lançou uma gavinha e apalpou atrás da nuca do rapaz. Era ali a origem dos enxertos. A gavinha se enfiou sob a aranha metálica, mas, por mais que se esforçasse, não se soltava nem um milímetro. Os tentáculos pareceram perceber o perigo. De repente, desenrolaram-se do corpo de Fabio para segurar Sofia com força também. Agora, os dois estavam corpo a corpo, os rostos a poucos milímetros um do outro. Fabio colocou os olhos sobre ela, e Sofia sentiu-se atravessada por aquele olhar.

– Por que está fazendo isso? – murmurou. – Eu sou um traidor.

– Porque você é um dos nossos – respondeu ela, engasgada. Começava a perceber os efeitos do aperto mortal daqueles tentáculos. "E porque gosto de você", pensou, mas não conseguiu dizer. Enfim, sua gavinha penetrou o corpo principal do enxerto. Sofia fechou os olhos, concentrou-se. O Olho da Mente brilhou em todo o seu esplendor, e o de Fabio se acendeu em consequência, como duas cordas de violino que vibravam na mesma frequência. Sofia sentiu-se dilacerada pela dor dele e entrou em contato com sua alma. Leu sua solidão e seu sofrimento. Em um instante, os dois estiveram unidos por uma consciência comum; suas mentes, de algum modo, se fundiram. O passado voltou à tona em todo seu esplendor, as lembranças submersas vieram finalmente à luz, e Fabio soube quem era e qual era o seu destino.

Viu Eltanin lutar contra os dragões, junto com as serpes, animado apenas pela sede de sangue e de glória. Viu sua traição, viu Nidhoggr dilacerar a Árvore do Mundo. Mas também viu Idhunn, os inúmeros momentos passados juntos, *sentiu* que o afeto por ela nunca o havia abandonado. E a viu ir até ele, na toca de Nidhoggr, e falar com ele, tentar convencê-lo a voltar.

– Você acha que é tarde demais, mas não é. Volte para nós, volte a lutar com os dragões, seus semelhantes. Tudo o que você fez pode ser perdoado porque você é e sempre será um de nós.

Tais palavras haviam ficado gravadas em seu coração e lhe fizeram retomar a sensatez. Porque tinha se arrependido, no fim, e tinha voltado para seus companheiros.

Viu Eltanin levar com ele o único fruto da Árvore do Mundo que não havia se perdido. Viu-o abrir um corte no peito e inundar o fruto com seu próprio sangue.

– Ninguém, a não ser eu e você, poderá tocar neste fruto, juro pelo meu sangue – ouviu-o dizer. O mesmo sigilo que pouco antes ele havia quebrado, obrigado por Nidhoggr. Estava explicado, portanto, porque a serpe o quisera: porque somente ele poderia tocar no fruto e quebrar aquele encanto.

Enfim, viu Eltanin lutar, sozinho, contra centenas de serpes, e sucumbir na luta.

Algo no coração de Fabio se quebrou: tinha se arrependido; no fim, tinha se arrependido.

Os enxertos metálicos estremeceram, pararam de apertar e se enferrujaram aos poucos, da base até a ponta. A ferrugem devorou-os até os desagregar completamente. Sofia e Fabio afinal estavam livres, cobertos por um fino pó vermelho. Permaneceram deitados no chão por alguns instantes, exaustos. Na clareira ouvia-se apenas a ofegante respiração deles. A mão de Sofia estava apoiada no peito dele. Sob a palma, notava seu coração bater com força. "Eu o salvei", pensou, com uma sensação louca de alegria. "Dessa vez o salvei."

– Obrigado – murmurou Fabio. Um sussurro, como se tivesse vergonha.

Então, levantou-se de um pulo. Seus olhos estavam repletos de uma ira cega e devoradora.

– Aquele maldito... Aquele maldito me usou – disse, entre dentes. As asas literalmente explodiram de suas costas. – Mas ele vai me pagar! – acrescentou, com raiva, levantando voo.

Sofia ficou de pé com dificuldade e evocou as próprias asas. Estava exaurida, mas ainda havia muito a fazer. Com um pulo, ela também se lançou no rastro do fruto.

20
A escolha de Fabio

A velha ficou sozinha na clareira. Avançou na direção da nogueira e viu Matilde chorar, desesperada, e *sentiu* a angústia dela. Era como se não nenhum instante tivesse se passado desde que a perdera. O ano que vivera sem ela, os séculos em que vagara pela cidade, lembrando somente a antiga promessa que a filha fizera, pareceram nunca ter existido. Agora a via, realmente a via, e não apenas em sua mente. Era como se lembrava dela: as covinhas ao lado da boca, a forma arredondada de seu rosto de criança, os cabelos castanhos lisos. Emoldurada no sulco da nogueira onde estava aprisionada, parecia a figura dolorida de um quadro antigo, daqueles que vira na igreja em sua época.

Estendeu as mãos em direção à prisão de Idhunn e, embora houvesse somente tocado de leve as faíscas escuras, sentiu uma dor terrível se propagar por todo seu corpo feito de sombra e magia. A dor,

A escolha de Fabio

porém, não foi suficiente para fazê-la recuar. Enfiou as mãos ainda mais no fundo da gaiola e alcançou o rosto choroso da filha. Tocou a face dela.

– Estou aqui – disse. – Estarei com você até o fim.

Ratatoskr voava velozmente. Havia vencido! O fruto estava em suas mãos: podia sentir o poder dele através do veludo da bolsa. Ria, Ratatoskr ria e visualizava o momento em que o entregaria a Nidhoggr. Finalmente desfrutaria de seu reconhecimento. Além do mais, o Draconiano traidor já devia estar morto àquela altura, esmigalhado pelo mesmo poder que aceitara de maneira tão estúpida. Era um triunfo total. Verificou se as meninas que hospedavam os Adormecidos estavam atrás dele, mas ninguém parecia tê-lo seguido. Aquelas repugnantes guardiãs dos dragões deviam estar aterrorizadas por ele.

Nem teve tempo de concluir o pensamento, pois uma árvore erradicada do solo o atingiu com a força de um míssil. Ratatoskr berrou e precipitou como um pássaro abatido, porém sem largar a bolsa. Conseguiu frear a queda e, antes mesmo de tocar o chão, lançou um raio que pulverizou uma nova árvore lançada em direção à sua cabeça.

Entre os fragmentos de madeira surgiu a figura de Lidja, em pé no meio dos arbustos. Tinha raiva nos olhos e uma ilimitada vontade de combater.

Ratatoskr riu.

– Você acha mesmo que pode me derrotar?

Ela não respondeu; contudo, usou outra vez seu poder mental para levantar duas enormes leivas de terra e lançá-las contra ele.

Ratatoskr as desfez com dois relâmpagos, mas quando a terra despedaçada encostou no solo Lidja o agrediu. Uma de suas mãos tinha garras e atingiu um golpe em seu rosto. Sangue negro saltou da ferida.

Ratatoskr secou-o com a mão. Seus olhos serpenteavam, amarelos, a pupila alongada como a dos répteis.

– Você ficou mais forte, menina. Mas se esquece de que, aqui, eu estou em casa.

De repente, uma árvore atrás de Lidja partiu-se com um som surdo. Dela, escorreu uma resina densa e amarelada, que se mexia como se fosse animada por vontade própria. Enroscou-se depressa ao redor de seus tornozelos, paralisando-a no chão. Ela tentou desesperadamente se soltar, desvencilhando-se, mas a resina era viscosa como cola. Ratatoskr fez uma breve reverência.

– Adeus, menina.

A resina, devagar, começou a agarrar sua cintura e seus ombros.

Sofia olhou Fabio no ar diante dela. Voava impulsionado por uma fúria cega, irrefreável, as asas circundadas por chamas púrpuras.

– Me espere! – tentou gritar para ele, sem resultado.

A escolha de Fabio

O rapaz parecia avançar mais depressa ainda, despreocupado com ela. Sofia tentou alcançá-lo, batendo freneticamente as asas, quando ouviu algo se mexer por entre as árvores debaixo deles.

Fabio também tinha reparado e, com uma cambalhota que Sofia teve certeza de que nunca poderia imitar, rumou em direção à floresta como um falcão.

Ela limitou-se a fechar as asas, precipitando como uma pedra, para depois reabri-las a poucos metros do chão. Chegaram juntos e Sofia sentiu-se desfalecer diante da cena que se oferecia aos seus olhos. Lidja estava enrolada em uma substância gosmenta translúcida, que a tinha quase completamente envolvido em uma espécie de casulo. Mal se conseguia ver seu rosto.

Disparou na direção dela e, por instinto, enfiou a mão na meleca que a envolvia. Ficou presa nela e não conseguiu mais se soltar.

– Me ajude! – disse, virando-se para Fabio.

Ele ficou parado onde estava, o olhar gélido.

– Tenho que pegar aquele desgraçado! – respondeu. – Você pode se virar sozinha aqui.

– Fabio! – gritou Sofia, mas ele já tinha alçado voo. Não havia tempo para se lamentar. Lidja corria risco de vida.

Cerrou os dentes e afundou as mãos até os cotovelos na resina. Sentiu que aquela coisa alcançaria seus pés.

Enfim conseguiu tocar no braço de Lidja. Apertou-o com força, então evocou os próprios poderes. Começou a transpirar clorofila pelos dedos.

Sofia concentrou-se ao máximo e conseguiu controlar seu fluxo e sua forma. Sentia a energia jorrar de suas mãos a toda velocidade, mas insistiu, com um esforço sobre-humano. Infiltrou a clorofila na resina, empurrou-a para que se enrolasse nos braços de Lidja, em seu tronco, nas pernas e, então, também em volta dos próprios braços, até formar uma fina camada que as isolava da substância amarelada.

Àquela altura, gritou. Com um último esforço, fez a clorofila se expandir até explodir o casulo de resina. Tanto ela quanto Lidja foram arremessadas para trás, sobre a grama negra.

Sofia caiu violentamente sobre as costas, mas Lidja conseguiu manter o equilíbrio. Embora desgastada, evocou os próprios poderes, erradicou a árvore e lançou-a ao chão. Então, caiu de joelhos, prostrada.

– Obrigada – murmurou, dirigindo-se à amiga. – Mas você podia ter se poupado de salvar aquele mau-caráter. Por ele, nós duas morreríamos – acrescentou, ácida.

Sofia levantou-se devagar. Estava toda dolorida. Houve um barulho surdo, e outra árvore se partiu ao meio.

– Temos que ir! – gritou.

A escolha de Fabio

Lançaram-se para o céu, e somente então Sofia fez a pergunta que estava segurando há algum tempo.

– E essas coisas aí, de onde vêm? – disse, indicando as garras que a amiga tinha no lugar da mão direita.

– Não sei, isso é novidade para mim também. Parece que Rastaban, dessa vez, quer me dar uma ajuda mais consistente que de costume – respondeu Lidja, olhando a própria mão. Não era exatamente a garra de um dragão, mas algo muito semelhante. Suas unhas haviam engrossado e alongado, até virarem garras coriáceas e afiadíssimas. Os dedos haviam grudado de dois em dois e agora eram três no total, maciços e nodosos. No lugar da pele, escamas duríssimas, rosadas.

– Fabio foi atrás do servo de Nidhoggr – disse Sofia, voando ao lado dela. – Não o julgue mal. Ainda está transtornado pelo que fez com ele.

– Talvez você que não deva julgá-lo bem demais – rebateu Lidja.

Sofia pensou que ela podia ter razão.

O segundo ataque paralisou Ratatoskr às margens da cidade. Começava a entrever os limites da floresta e os primeiros campos cultivados nos limites de Benevento. Bastava prosseguir em direção a Barba e, afinal, poderia entregar ao seu Senhor o resultado de tantos esforços.

Foi um verdadeiro muro de fogo que se interpôs entre ele e o fim da viagem. As chamas grudaram de imediato em sua carne. Precisou descer ao chão e rolar no solo.

Fabio estava diante dele, um par de asas em fogo nas costas, os olhos cheios de ira.

– Garoto desgraçado... – irrompeu Ratatoskr, ficando outra vez em pé. – Por acaso você é imortal?

– Vocês me usaram para seus objetivos e depois me abandonaram para morrer.

– O que você esperava? Você sabia quem éramos, mas decidiu se revoltar contra nós. Você achava mesmo que ia se safar?

Fabio gritou. Seu corpo foi envolvido por chamas. Agora controlava o fogo e, sem os enxertos, seu poder natural corria livre.

– Isso acaba aqui, maldito! – disse, lançando uma flecha incendiada.

Ratatoskr fez o mesmo com suas chamas negras. Os dois poderes se encontraram e explodiram, lançando fagulhas por toda parte. Línguas de fogo escuras disputaram a floresta com labaredas escarlates.

Fabio estava fora de controle. Anos de humilhação e sofrimento ferviam nele, ampliando suas forças. Não se importava de morrer ali, combatendo, seria uma boa morte. Queria apenas se anular na própria força, deixar-se cegar pela fúria e queimar até as cinzas. Lançou contra Ratatoskr uma bola de

A escolha de Fabio

fogo que explodiu sobre uma barreira negra com a força de uma bomba.

– Olhe... – disse Lidja, indicando um rastro de fumaça que subia às margens da floresta.

– É ele! – berrou Sofia.

Em uníssono, as duas garotas-dragão bateram asas em direção à origem da nuvem.

Um espetáculo apocalíptico as recebeu quando chegaram ao chão. Fumaça e fogo por toda parte e dois corpos – um escarlate, outro negro – se contorcendo no ar. Sofia reconheceu aquela cena porque já a vira no passado. Os dragões e as serpes combatiam novamente, com o mesmo desespero e a mesma violência de antes. Sentiu um aperto no coração: sabia como havia acabado da última vez.

Ambos se lançaram ao ataque. O calor era insuportável. Fabio parecia fora de si e era horrível de se ver, tão semelhante ao inimigo, possuído pelo mesmo desejo de destruição.

Lidja voou em direção a Ratatoskr, aproximando-se para atingi-lo com suas garras. Sofia lançou seus cipós. O fogo queimava a maioria deles, mas ela produziu tantos que, mesmo assim, muitos chegavam ao alvo.

– Ele é meu, meu! – berrou Fabio, fora de si.

Os cipós apertaram-se em volta do corpo de Ratatoskr, impedindo-o de fazer qualquer movimento.

— Agora! — gritou Sofia para Fabio. — Coloque fogo nele!

Bastou que o rapaz encostasse a mão nos cipós.

— Morra, desgraçado! — fulminou.

Chamas altíssimas envolveram Ratatoskr em um instante. As meninas o escutaram berrar, viram-no se debater em desespero. Então, o calor ficou insuportável e tiveram que recuar. Sofia desviou o olhar: era um inimigo, um ser impiedoso; porém, mesmo assim, não conseguia tolerar o espetáculo de seu sofrimento.

Fabio, por sua vez, tinha os olhos fixos no que acontecia, e, em suas pupilas, o fogo serpenteava e se refletia intensamente. O casulo em brasas parou de se debater e pouco a pouco caiu no chão.

Lidja aproximou-se de Fabio, colocou a mão no ombro dele.

— Acabou — disse. — Só temos que recuperar o fruto.

Ele pareceu despertar de um sonho. Sacudiu-se, olhou Lidja como se não a reconhecesse e, enfim, soltou os tições que ainda segurava nas mãos.

Foi então que aconteceu. O terreno pareceu explodir. Uma coluna de fumaça preta e densa irrompeu do solo, cegando-os. Começaram a tossir, as gargantas em chamas, enquanto alguém, ou algo, gritava: um grito desumano, animalesco e perturbador. Chamas negras se difundiram por toda parte, consumindo tudo o que sobrara da vegetação.

A escolha de Fabio

Sofia ouviu-se gritar quando uma fisgada a atravessou da cabeça aos pés. Tinha certeza de que estava a ponto de morrer. Não conseguia nem levantar voo e, entre lágrimas, viu que o mesmo acontecia com Fabio e Lidja.

Da fumaça, emergiu uma figura monstruosa. Era um lagarto de pelo menos dois metros de altura, ereto sobre as patas posteriores, a pele escamosa e pegajosa, os olhos amarelos iluminados por uma ira sem igual. O rosto, alongado, era de uma cobra, assim como a língua, comprida e bifurcada, que serpejava no ar. A boca, vermelha como uma fornalha, estava repleta de presas longas e afiadíssimas, que estalavam no ar. Ratatoskr finalmente revelava-se em sua verdadeira natureza.

– É hora de acabar o jogo para sempre – sibilou o monstro, a voz terrivelmente parecida com a de Nidhoggr, inflamada pelos mesmos sons guturais, carregada do mesmo horror.

Sofia, prostrada no chão de joelhos, sentiu que não conseguiriam. Estavam exaustos, e o inimigo era muito mais forte que eles. Terminaria assim?

Foi quando o viu. Luminoso, esplêndido, em nada ofuscado pela violência da luta. O fruto. Havia rolado para longe e se destacava na bolsa de veludo que o envolvia. Uma paz estranha se acendeu em seu coração. Agora sabia o que fazer.

Ratatoskr desferiu o ataque. Enormes flechas negras voaram no ar, rachando a fumaça como lâminas. Os três Draconianos esquivaram-se com dificuldade, rolando no terreno. Sofia jogou-se na direção de onde havia visto o fruto brilhar, esticou os dedos, e as pontas deles tocaram sua superfície lisa.

– Consegui!

Pegou-o nos braços, pronta para levantar voo em direção ao inimigo. Então, uma dor absoluta cortou sua respiração na garganta. Murchou no chão, sem fôlego. Havia sido atingida. Os sons da batalha chegaram a ela, confusos, distantes. Mal conseguia entrever Ratatoskr se contorcendo, arremessando raios negros, enquanto Lidja e Fabio o atacavam. A dor ficou surda. Viu duas asas de fogo sobre ela e a figura magra e esguia de Fabio. Chamou-o com um fio de voz, com a força do pensamento. Viu-o abaixar a cabeça em sua direção enquanto o mundo ficava cada vez mais escuro.

"Pegue o fruto e leve-o para Idhunn, ela saberá o que fazer", pensou Sofia, com as últimas forças. "Lembre-se. O que você fez pode ser perdoado, e você é e será sempre um de nós." Então, a escuridão venceu.

Fabio ficou parado apenas um instante. Sofia jazia no chão, uma das asas dilaceradas. O sangue jorrava aos montes, e sua pele estava pálida como cera. No ar, Lidja dava tudo de si. Arremessava no inimigo tudo o que estava ao seu redor: leivas de terra,

A escolha de Fabio

pedras, árvores. Mas a maior parte de seus ataques acabava desintegrada pelas chamas de Ratatoskr.

Fabio queria continuar a combater, seguir o instinto e viver como havia feito até aquele momento, no desespero e na solidão. Mas não podia.

"Para o inferno!"

Apanhou o fruto que brilhava nas mãos de Sofia e levantou voo em direção à nogueira. Avançou desabalado, aproveitando ao máximo as correntes e forçando as asas no limite de suas possibilidades. Em poucos minutos alcançou a clareira e a prisão de Idhunn. Agora se lembrava, agora sabia. Ela ainda se debatia em suas correntes de luz, chorando, desesperada, enquanto a velha acariciava seu rosto.

– Aqui está o fruto – disse Fabio, estendendo o globo luminoso para Idhunn. – Me lembro de você... Me lembro! – hesitou, mas acrescentou: – E peço perdão.

Sentiu-se estranho ao pronunciar aquela frase. Nunca havia pedido desculpa a ninguém na vida.

Idhunn olhou-o, reconheceu-o e afinal sorriu, o sorriso mais bonito que ele já vira. Lembrou-se do jeito como sua mãe sorria para ele e de todos os dias felizes passados com ela. E, então, o dragão que estava nele recordou os anos em Dracônia, as brincadeiras com aquela moça, e uma nostalgia pungente subiu-lhe à garganta.

Ela avançou devagar na gaiola.

– Sabia que você voltaria – disse ela. – O fruto é seu, cabe a você usá-lo. Eu o guardei para você, como tinha prometido.

– Eu... Eu não sei o que fazer... E lá... Lá alguém está morrendo. – Fabio engoliu. – E Rastaban ainda está lutando – acrescentou, com a voz trêmula.

– Mas você sabe o que fazer – replicou Idhunn, calma. – Os poderes dos frutos podem ser utilizados pelos Draconianos. Você terá apenas que recordar como fez na época, quando você ainda era um dragão e defendia a Árvore do Mundo.

Fabio apertou o fruto contra si e implorou. Implorou para que seus erros pudessem ser perdoados, que tudo o que suas ações haviam causado pudesse ser anulado, que Idhunn fosse libertada e que aquele pesadelo acabasse.

E o milagre aconteceu. O fruto vibrou em suas mãos, irradiando uma luz dourada que envolveu todas as coisas, dissolveu tudo no próprio ilimitado esplendor. As barras da prisão de Idhunn desapareceram; então, a luz prosseguiu além, inundando aquela floresta horrível, queimando-a ao calor do próprio poder. As árvores enrijeceram, as raízes secaram, as folhas arderam no mesmo momento. A neve parou de cair, e a floresta maléfica recolheu-se depressa, voltando ao nada do qual havia nascido.

A luz chegou ao lugar do embate entre Lidja e Ratatoskr como uma onda. Lidja, esgotada e a ponto de sucumbir, viu-se envolvida por ela e sentiu toda a sua energia. Ratatoskr berrou, e suas escamas começaram a queimar, seus poderes de súbito anulados por aquele brilho.

Fabio fechou os olhos. Percebeu apenas uma sensação de sossego e bem-estar crescer dentro de si. Nunca havia se sentido assim. Então, de repente, na luminosidade que o rodeava, viu avançar Idhunn, enfim livre, afinal ela mesma. Sorria com serenidade, a roupa branca descendo macia pelo corpo, os braços cândidos abandonados nos quadris.

– Sabia que você manteria sua promessa – disse.

Perante ela, Fabio teve medo, medo do que era e do que tinha feito.

– Traí duas vezes – disse, com a voz trêmula.

– Mas salvou todos nós, no fim.

– Causei dor e morte, são coisas que não se apagam.

– Mas sofreu na carne e por muito tempo. – Idhunn colocou a mão em seu coração. – Sei o que passou, sei por que o fez.

Então o abraçou com força, com amor. Fabio abandonou-se à doçura daquele aperto. Era de fato ela, em carne e osso, idêntica a quando a deixara, milênios antes. O poder do fruto a protegera por todo aquele tempo.

– Você está em casa agora – acrescentou Idhunn, e soltou-o. Ao seu lado estava a velha. Trazia uma expressão alegre, como se ela também houvesse encontrado uma paz buscada por tempo demais.

– E agora? – perguntou Fabio.

– Agora é com você – respondeu Idhunn –, como sempre foi. Agora começa a sua nova vida. Contudo, não será a última vez que nos veremos, prometo. Quando esta guerra terminar, se vencermos, estarei com você em Dracônia.

Pegou a mão da mãe. Olharam-se, sorrindo, e, aos poucos, dissolveram-se na luz puríssima.

De repente era de noite. E quando Fabio foi capaz de ver outra vez no escuro percebeu estar em Benevento, diante do obelisco na avenida. Uma neve cândida caía do céu. Então, reparou nas duas figuras a pouca distância dele. Eram Lidja e Sofia.

Sofia estava no chão, no meio de uma mancha de sangue, muito pálida. Lidja chorava, as mãos segurando as da amiga, os ombros sacudidos pelos soluços. Levantou os olhos para ele.

– Ela morreu! – gritou. – Sofia morreu!

21
Um poder que salva

Fabio ficou atônito um instante. Então, correu até as duas meninas e afastou Lidja com gentileza.

– Deixe-me ver – disse.

– Deixe-a, não se atreva a tocar nela! Também é culpa sua ela estar morta!

Fabio não lhe deu atenção e pousou uma das mãos no pescoço de Sofia. Depois apoiou as duas em seu peito, uma sobre a outra, e começou a apertar. Um, dois, três, quatro, cinco. Afastou-se, aproximou o rosto do da menina e fez respiração boca a boca. Ouvia Lidja soluçar.

– Em vez de ficar aí parada, me dê uma mão! – disse, quase gritando.

Lidja pareceu sobressaltar-se de repente. Concordou vigorosamente e aproximou-se de Sofia.

– O que tenho que fazer?

– Respiração boca a boca quando eu disser. – E Fabio recomeçou a bombear.

Dava tudo de si mesmo naquele movimento, e em sua cabeça havia espaço para um só pensamento: "Salve-a!"

Não parou para olhar a mancha de sangue que se estendia na rua, não se demorou na pele cada vez mais branca. Somente suas mãos, apertando, contavam.

Então, um movimento imperceptível do tórax de Sofia.

– Está respirando! – berrou Lidja.

Fabio parou. Era verdade. O peito abaixava e levantava levemente. Colocou de novo a mão em seu pescoço. Sentiu uma batida fraquíssima.

– Temos que levá-la ao hospital – disse Lidja.

Fabio olhou seus joelhos. A calça estava suja do sangue de Sofia.

– Vire-a. Primeiro temos que conter a hemorragia.

– Eles vão cuidar disso no hospital.

– Nesse estado não chegará até o hospital. Vire-a!

Lidja só pôde obedecer. A ira dele assustava-a, e, além do mais, ele a salvara.

Assim que Sofia ficou de bruços, Lidja levou a mão à boca. As costas da amiga estavam atravessadas por um único corte, comprido, profundo e escancarado. O sangue escorria dele, lento, viscoso. As asas com as quais havia combatido naquela noite não estavam mais lá.

Fabio permaneceu um momento contemplando aquele corte vermelho. Não era uma ferida que

Um poder que salva

podia suturar com suas chamas. E, agora, nem tinha as lâminas dos enxertos para ajudá-lo. Sentiu-se perdido.

Foi naquele estado que o viu, com o rabo do olho. O fruto, a origem e o fim de tudo o que havia acontecido naquela noite.

Provavelmente havia caído quando correra até Lidja.

Segurou-o rapidamente.

"Se consegui usá-lo antes para expulsar a floresta, talvez possa fazê-lo de novo para salvá-la."

Voltou a se ajoelhar ao lado de Sofia.

– O que diabos você tem na cabeça? Temos que fazer alguma coisa! – Lidja estava se deixando levar pelo pânico outra vez.

Fabio ignorou-a, fechou os olhos e apertou os dedos sobre o fruto. "Cure-a, eu suplico, cure-a."

A mesma luz esplêndida que havia iluminado a floresta pouco antes envolveu-os e dissolveu tudo em uma claridade difusa. Houve paz por toda parte e doçura. Fabio sentia apenas ele mesmo e Sofia, suspensos naquele ouro absoluto e salvador. Nem o fruto estava mais lá, como se houvesse sido absorvido pelas suas mãos. Mas Idhunn estava, seu espírito estava bem ali. Fabio estendeu a palma das mãos, que agora estava coberta por chamas quase brancas, e passou-as docemente nas costas de Sofia. Sentiu o poder que fluía de suas mãos até ela. Porque, pela primeira vez, seu fogo não estava destruindo, mas cuidando, porque realmente podia remediar o que havia feito, e ser *um deles*.

Continuou até se sentir exausto, até suas mãos começarem a tremer. Então, a luz se apagou, e o fruto escapou de seus dedos. Sentiu-se escorregar para trás. Agora, estava no chão, a bochecha espremida na pedra da rua, e respirava pesado.

– Sof, Sof! – Ouviu Lidja chamar.

Levantou-se. Tudo estava como antes. Estavam perto do obelisco, o mesmo que haviam usado como porta para alcançar a nogueira. Benevento era outra vez a de sempre, sem nenhum rastro que deixasse intuir o que acontecera durante aquela noite louca.

A cabeça de Fabio rodava, mas mesmo assim ele se aproximou de Sofia. Respirava devagar, e o corte em suas costas havia diminuído consideravelmente. Estava até menos profundo. Fabio viu os olhos brilhantes de Sofia sobre si. Estavam repletos de gratidão. Por alguma razão sentiu-se embaraçado. Pegou Sofia nos braços.

– Vá chamar aquele cara que está com vocês, aquele estranho. Eu levo Sofia ao hospital. E entregue isto a ele – disse, dando-lhe o fruto.

Lidja concordou. Então, encostou a mão no braço dele.

– Obrigada – agradeceu com a voz trêmula. – Obrigada mesmo.

Fabio desviou o olhar.

– Mexa-se, vamos.

Um poder que salva

Viu-a voar. Sofia, em seus braços, respirava devagar. Estava com um colorido mais saudável agora, mas precisava de cuidados.

Estava cansadíssimo, porém ainda deveria fazer um pequeno esforço. Olhou ao redor. Ninguém. Evocou as asas e alçou voo.

No hospital, fizeram-lhe um monte de perguntas. A certa altura, achou que chamariam a polícia para prendê-lo. Afinal de contas, uma pessoa como ele não causava exatamente uma boa impressão apresentando-se no hospital coberto de sangue que não era seu. Sem contar que ele também trazia sinais da batalha recente.

Inventou uma mentira.

– Foi um acidente. Estávamos atravessando a rua e nos atropelaram. E nem pararam.

A situação melhorou muito quando o professor chegou.

Estava branco como um fantasma e mancava visivelmente. Embora estivesse transtornado, conseguiu tomar as rédeas da situação.

– Claro que o conheço – disse, quando o colocaram diante de Fabio. – É um amigo querido da minha filha, se conhecem desde crianças.

O médico olhou torto para Fabio, mas não fez comentários. O professor também se entendeu com a polícia.

Fabio ficou sentado fora da sala onde medicavam Sofia. Só queria ir embora depois daquela noite horrível e não gostava do jeito como o olhavam lá dentro. Porém, algo o detinha.

O professor sentou-se ao seu lado assim que se livrou dos policiais. Permaneceram em silêncio durante todo o tempo, um olhando a calça jeans suja de sangue, o outro fitando o teto. Então, o médico saiu. Os dois pularam como molas.

– O machucado é feio, mas fizemos uma transfusão e estancamos bem a ferida. Ela será mantida em observação por alguns dias.

O professor deu um longo suspiro, então ajeitou os óculos.

– Posso vê-la?

– Agora está dormindo. Mas pode entrar, se quiser.

O doutor afastou-se. Fabio ficou imóvel, as mãos enfiadas nos bolsos.

– Quer vir? – perguntou o professor, surpreendendo-o.

– Eu...

– Você salvou a vida dela, não quer ver o fim da história?

Entraram na ponta dos pés. Sofia estava de barriga para cima, as costas completamente enroladas por uma larga faixa, um soro preso na mão esquerda. Parecia dormir serena.

– Olhe bem para ela. É mérito seu ela ainda estar viva.

Um poder que salva

Fabio sentiu um longo arrepio percorrer sua coluna.

– Você não faz ideia do quanto Sofia significa para mim e, por consequência, do quanto eu sou grato a você pelo que fez esta noite.

Fabio deu de ombros. Não sabia o que dizer. Olhou Sofia descansar tranquila e não conseguiu ligá-la à lembrança que tinha dela, deitada no asfalto em uma poça de sangue.

"Fui eu realmente?", pensou.

O professou sentou-se em uma cadeira ao lado da cama. Apertou delicadamente a mão de Sofia nas suas, tomando cuidado para não encostar no tubinho do soro. Encheu os olhos com a sua imagem.

– Eu e você temos que conversar, você sabe, não é? – disse, dirigindo-se a Fabio, sem tirar os olhos da menina. – Às pessoas como nós não são concedidas nem paz, nem trégua, e logo você deverá aceitar o que é.

Virou-se lentamente. A sala estava vazia. De Fabio não havia nenhum rastro. O professor quis sair, procurar aquele menino atormentado. Mas, às vezes, é preciso esquecer o dever e deixar-se levar. E ele, naquela noite, tinha corrido o risco de perder a pessoa que mais amava no mundo.

Um sorriso amargo desenhou-se em seu rosto. Desviou o olhar do retângulo luminoso da porta e voltou a pousá-lo sobre a única coisa que contava de fato naquela noite louca e terrível: sua Sofia.

Epílogo

Ainda fazia frio, mas a neve tinha ido embora. Durou pouco. Uma manhã, depois o sol a derreteu. Porém, atrás de si, deixou uma sensação de limpeza e um cheiro bom, de gelo.

Sofia olhou Lidja se movendo no trailer. Juntava suas coisas com amor, como se fossem ovelhas a serem levadas ao curral.

Estavam fazendo as malas. Havia acabado. O circo prosseguiria, veria outras cidades e provaria outros climas.

Mas a viagem delas terminava ali.

O professor entrou com sua enorme bolsa de viagem a tiracolo. Mexia-se de um jeito atrapalhado porque os pontos na perna puxavam.

– Então, está pronta para voltar para casa? – perguntou, dirigindo-se a Sofia.

Enrolada em uma coberta quentíssima levantada até o nariz, ela limitou-se a concordar. Ainda estava muito fraca.

Epílogo

Lidja fechou a mala. Sofia teve a impressão de ouvi-la suspirar: tinha os olhos úmidos.

– Professor, eu levo Sof para o carro – disse.

– Tem certeza que consegue? – perguntou ele.

– Você não está podendo, e Marcus ainda está dormindo. Logo...

Lidja pegou-a nos braços com a coberta. Cambaleou duas vezes, mas acertou o caminho da porta. Desceu as escadinhas com cautela. Deitou-a no banco de trás do carro.

No chão, próximo aos pés de Sofia, havia um embrulho de pano. Cobria o fruto, trancado em uma gaiola protetora que parecia uma espécie de viveiro para pássaros, dourada e resplendente de uma luz estranha.

– Está coberta de resina da Gema – explicara o professor a Sofia. – Eu a construí há muito tempo, antes que começássemos a procurar os frutos. Sabia que, quando os encontrássemos, teríamos que transferi-los em segurança a um lugar que pudesse guardá-los. Esta gaiola me pareceu o melhor jeito. – Abria-se com uma chave minúscula, presa em sua calça por uma fina corrente dourada.

Quando lhe contaram o que acontecera depois de seu desmaio, Sofia protestou com o professor.

– Não devia ter deixado Fabio ir embora!

– Ele ainda não estava pronto, Sofia – respondeu ele, paciente.

– Mas, professor, precisamos dele.

– Eu também deixei você escolher. Sabe que não a teria detido se você tivesse preferido ir embora, não é?
– Sei.
– Ele também é livre para ir embora, como você e Lidja. O que fazemos é por escolha, não por obrigação – concluiu o professor, e Sofia sabia que ele tinha razão.

Ajeitou-se melhor no banco e perguntou-se se veria Fabio novamente. Desejava isso com todo o coração. Atrás dela, o professor colocava as coisas no carro.

As pessoas do circo já haviam se despedido de Sofia. Alma foi uma rocha, como sempre: abraçou-a e sorriu com força. Martina se derreteu em lágrimas.

– Você era tão boa de palhaço... – disse entre um soluço e outro, enquanto Carlo batia a mão em seu ombro.

O professor inventou que Sofia tinha sido atropelada e, dessa vez, houve um pouco de alvoroço. Afinal de contas, em aproximadamente dois meses de permanência no circo, Sofia teve dois acidentes, e isso pareceu de fato estranho. Mas o professor soube ser convincente, e todos, no fim, aceitaram que o azar simplesmente tinha se obstinado contra aquela pobre menina. Por isso mesmo, foram muito gentis com ela nos poucos meses de convalescença que passou lá. Sofia se deu conta, com surpresa, de que sentiria falta de todos. Tinha ficado bem no

Epílogo

circo, e nem se dera conta disso até o momento de ter que deixá-lo.

Mas sua tristeza não era nada diante da de Lidja, que entrava no carro naquele momento, o rosto sério e os olhos baixos. Para ela, era o fim de uma época, da vida como a conhecia. Passara a noite no trailer de Alma. Sabe-se lá o que disseram uma à outra.

O professor subiu a bordo.

– Tudo bem, Sofia? – perguntou pela última vez.

O carro resmungou duas vezes, então entrou em movimento. Sofia teimou em olhar para fora. Benevento se moveu preguiçosa. E foi então que o viu, de pé, ao lado de um lampião, magro, agasalhado em um sobretudo leve demais para todo aquele frio.

Fabio.

Levantou a mão na direção dela, cumprimentou-a. Depois sorriu, e era a primeira vez que Sofia via em seus lábios um sorriso tão puro e sincero, tão distante de névoas e sofrimento.

Ela também sorriu, encostou a mão no vidro e manteve os olhos fixos nele, até sua figura ficar bem pequena e, enfim, desaparecer.

Ela o veria novamente.

Sentia isso.

Impresso na Gráfica JPA,
Rio de Janeiro – RJ.